PAUL ZSOLNAY VERLAG

BÜCHER DER BÖHMISCHEN DÖRFER
HERAUSGEGEBEN VON JÜRGEN SERKE

MELCHIOR VISCHER

MUSS WIEDER EIN MORGEN SEIN

GEDICHTE 1930 – 1960

Mit einem Nachwort von Jürgen Serke

PAUL ZSOLNAY VERLAG
WIEN · DARMSTADT

Umschlag und Einband: Buchholz/Hinsch/Hensinger unter
Verwendung eines Bildes von František Kupka
Satz: Bernhard Computertext KG, Wien
Druck und Bindung: Wiener Verlag, Himberg
Printed in Austria
ISBN 3-552-04110-9

CIP-Titelaufnahme der Deutschen Bibliothek

Vischer, Melchior:
Muß wieder ein Morgen sein: Gedichte 1930 – 1960 / Melchior
Vischer. Mit e. Nachw. von Jürgen Serke. – Wien; Darmstadt:
Zsolnay, 1989
ISBN 3-552-04110-9

Muß wieder ein Morgen sein

Gedichte 1930 – 1960

Inhalt

LICHT IM GOTISCHEN SCHATTEN

Lyrische Aufzeichnungen
1930 – 1945

Heimlicher Wendekreis

Am Abend
Trägt sich der Mensch
Müde vom Tage
Gleichsam zu Grabe.

Wäre er ein Gott,
Schliefe auf ewig er ein.
Da er nur Mensch,
Muß wieder ein Morgen sein:
Glücklos, glückvoll,
Immer allein.

Wenn dann die Nacht in den Morgen geht,
Und ein südlicher Wind
Durch das Fenster weht,
Wird das fleischliche Gehäuse
Plötzlich wach –
Laut klopft das Herz
Und alles fällt ihm ein:

Der Seele Not,
Das feile Brot,
Dies kirre Sein,
Ein wirsches Nein.

Jetzt kommt ein Sonnenstrahl daher,
Jung, nicht schwer.
Das laute Herz versinkt immer mehr
In des Leibes Muskelmeer.

Und der Schlag wird nun lind:
Man schläft ein wie ein Kind.

Sturz ins Geheimnis

Der Seele Abgründe tiefer klüften
Als im Weltall unbekannte Räume,
Der Seele Einsamkeiten unendlicher reichen
Als von Gestirn zu Gestirn geewigte Geleise,
Der Seele Verzweiflungen erschreckender sind
Als das Niemeßbare zwischen Milchstraßen,
Der Seele Träume gewaltiger brennen
Als heimliche Kraft heller und dunkler
Sonnen.

Seele –
Im irdischen Geist still entzündet,
Wie eine Wachskerze in trüber Nacht,
Oder Elmsfeuer auf verwegenen Schiffes
Masten,
Banges Licht im schwarzen Wald,
Wortlose Stimme aus des Leibes Funkäther,
Babylonischem Weinen näher denn
ägyptischer Ruhe,

Vielleicht jene berühmte Träne Gottes,
Doch im Hoffen ohne Rast
Dem Schöpfer gar verwandt,
Jenem Unsichtbaren
Aus der Werdeformel:
Zwei Drittel Gott und ein Drittel Mensch.

Seele –
Eine Krume vom Laib des Sternenhimmels,
Zu greifen niemals und nimmer zu begreifen,
Sie haust im Kosmos mit
Wie Wega oder Mond,
Wie auf Erden
Glühwurm, Wassertropfen oder Korn.

Das west, werkt, wirkt und verwest,
Genau
Nach fremdem Gesetz –
Kalt, ohne Pulsschlag, mit unbekanntem
Logarithmus
Aus des Frostes Wurzel –
Immer und immer wieder.

Doch für die Vernunft unweh in uns
Ist es Nebel.

Nur der Seele Heiterkeit
Ist nimmer Nebel,
Die quillt erquickend,
Sprüht durch die kleine Milchstraße
Unseres Hirns,
Jäh und fern und selten.

Fern allen Fernen
So nah unseren Herzen
Und kurz
Wie eine irdische Sekunde,
Auch
Wie das gute Auflachen eines Menschen
Oder
Wie das plötzliche Wiehern eines Pferdes.

Der Jesusfisch

Vorher

Immer und immer
Nur Wasser und Fische,
Und Fische und Wasser.

Der Weiher atmet ein,
Der Weiher atmet aus:
Schweigen, Ruhe, Ewigkeit.

Doch manchmal noch verborgen sind
Jesusfisch, Laich und andre Fische
Im Wasser,
Dem uralten und urweisen,
Das da lebt und grünt.

I

Sie,
Ehedem eine junge Buhlin,

Heimatloser Unzucht so voll
Und als Nymphe so gut und als Wild so sanft,
Girrend in Kreuzwegschenken
An des Lebens Söldnerstraßen.
Sie,
Geheißen Annunziata:
Botschaft ihres Fleisches einst,
Botschaft von Gottesmagdsein heute,
Da jetzt eine alte Nonne.

Sie sah
Hinunter aus Tiefen der Vergangenheit
In die Tiefe vor sich
Am Fischweiher:
Wasser –
Nicht ganz klar, kaum mehr fließend,
Und ohne Fische.
Sie sah,
Aufgescheucht vom Lärm der Gegenwart,
Still beiseit:
Erde –
Zerstampft von nie redlichen Hirten.
Sie blickte,

Bewegt vom Gesumm roher und auch holder
Stimmen,
Geradeaus vor sich hin:
Luft –
Gewoben aus Wind und Ferne.
Sie schaute,
Durchtobt von Einfalt,
Weit empor und nah himmelwärts:
Licht –
Aus Gottes Linse.

Aber
Ist nicht das Glas, das traute,
Nun zertrümmert?
Weil Gott
In der Funken weißem Glühen und schnellem
Zerstieben
Wunderlich wirr verschattet,
Gelähmt
Durch elektrisch Feuer.

Elektrisch Feuer,
Schweigsamer Quell mächtigen Seins

Von Gestirn, Heidegras und Manneskraft.
Elektrisch Feuer
Inmitten der Großen Unruhe
Ruhig und stetig gezeugt,
Befreit
Vom Wähnen der Zeit und der Maße,
Die
Träumerische Erfindung nur und
rechnerischer Frevel gar
Der Irdischen.

Eingott oder Vielgott
Altheidnischer Priester,
Stets vom Widergott kühn erdacht –
Dem Herrn der friedlosen Zahl
Sechssechssechs –
Vom Einatmen zum Ausatmen,
Aufzuckend
Zwischen dem Belfern
Luziferischer Lust und luziferischem Wollens
In dieser oder jener Hölle
Ohne Traum
Vom Fleisch und Blut des Diesseits.

Elektrisch Feuer,
Eigengöttlich
Flamme zu Licht versprühend,
Licht –
Entwichen widermenschlichen Gesetzen
Des Weltalls:
Licht ohne Untergang.

II

Funken davon plötzlich so hell
In der Gemme vom Herzen
Der Feilen, die sie gestern gewesen,
Und der Nonne, die da heute seint und sinnt.
In späten Nachwehen so bangen Erinnerns
Ziehen dahin,
Vor dem entweihten Weinstock ihres Leibes
– Durch Genuß einst und Kasteiung jetzt
Hilflos verdorrt –
Ziehen dahin,
Bald keck, bald töricht,
Gestalten
Voll des roten und auch wunden Weins,

Gewalttätig und kosend in einem:
Tolle Rebengefährten vom zinnernen Becher,
Die,
In nächtlich trunkenem Rebus
Vor weiblichem Pfirsich
Endlich gar zu Rebläusen wurden.

III

Rebläuse,
Deren Ahnen
Über des Westens Weltmeer hinweg –
(Das in einer vorbiblischen Nacht
Des Schreckens und des Strafens und des
Tilgens
Den Roten Kontinent
Hoffärtigen und uns fremden Poseidons
Mit sich in die büßenden Tiefen
Seiner keusch empörten und gnadenlos
rächenden Flut
Hinunterriß,
Da das Lamm gewichtiger denn Löwe und
Stier und Schlange.) –

Die also,
Keine Schiffbrüchigen, wohl aber
Landbrüchige,
An unseren greisen Ufern strandeten.
Doch kaum an den neuen Odem gewöhnt,
Fachten hier sie an ihr schwarzes Feuer
Die Erfinder, Urheber, Meisterer und
Vollstrecker des Krieges.

Als die so zu Unrecht Geretteten
Des verschwundenen Kontinents,
Der einst im rötlichen Erstrahlen
Untergehender und schuldbeladener
Abendsonne
Wuchernd wie faulende Wurzel in reinem
Mutterboden,
Das Fleisch der fröhlichen Tiere aß
Und das Blut argloser Menschen trank,
Als sie,
Die Lebenswürger,
Verfluchte Kinder
Aus des roten Schwelens verlorener Heimat,
Noch immer

Jägerkühn, herrenbarsch, eroberungswild
Und ohne Mitleid
Nach ihrem geschändeten Weltsabbat,
Dann anrannten wider die Weinstöcke des
Völkerturms
Unserer Vorzeit.

Unser Völkerturm
Gleichend dem Weißen Roß,
Das aussätzig und entmähnt,
Allein
Durch die Einöden im fahlen Licht
Des Mitternachtmondes
Blindwütig preschte,
Gierig nach Zeugung mit seinem Ich
Und brünstig nach Liebe zu seinem Selbst,
Tiermenschlicher Gotteslästerung so voll.

So wurden nun die Roten
Zu uns versprengt.
Sich mehr und abermehr
Mit des Weißen Rosses Nachkommen
vermischend,

So unsern Weinstock unterwühlten,
Den
Sie bald Land der Europa, bald Land des Abends hießen,
Obwohl er nur sich räkelnd auf halbem Inslein
Jenes mütterlichen Schoßes:
Kleines Asien.

Kleines Asien,
Das hegt in seinem Herzen
Ein
HEILIGES LAND
Mit den Taufwassern des Jordans
Und dem üppigen Zug der Fische auf dem See Genezareth,
Land mit der sanften Kamelstute und der störrischen Wildeselin,
Mit dem vereinsamten Ölberg und dem beredten Bach Kidron,
Mit der Ewigen Lampe
HIEROSOLYMA,
Die da heißet „Wohnung des Friedens“,

Und mit dem lebenden Tau-Kreuz,
Wachend vor den Wolkentoren zum
Weihrauch des seligen Lebens:
Golgatha.

IV

Doch davon wußten sie nichts
Die Rebläuse,
Hierher verschlagen,
Rot und ungesegnet
Aus dem ins Meer versunkenen Gestade
Eines frevelnden Geschlechts.
Auch wußten sie nichts
Von unserer Taube,
Die als Geist Gottes über den Wassern
schwebte,
Kannten sie doch nur verrucht Seltsames und
teuflisch Vertracktes
Von ihrer Schlange, der argen und
drachenköpfigen,
Die auf dem Wasser dahinkroch,
Entstiegen dem Feuer, dem schwarzen,

Göttin aller Rebläuse,
Die erst gelb waren,
Dann immer rötlicher wurden,
Als sie von den Rebenranken in der Bäume
Rinden wanderten.

Seitdem leben bei uns,
Als umgestülpt in einer tellurischen Nacht
und höllisch verwandelt
Die Windrose,
Die scheue, die schwingende,
Und so der Kimm verschollenen Meeres im
Westen
Ward
Zum Kimm drohend gereckten Landes im
Osten,
Seitdem leben wider uns und vielleicht gar
auch schon unter uns
Rebläuse
An der Reben Wurzelstöcken,
Unwichtig scheinen sie Weintrinkern,
Gefährlich jedoch allen Winzern.

V

Indes auf Betschemeln
Zag
Die Schwestern knien,
Hämmern
Viele Schmiede viele Hufeisen
Für die Rosse jener Reisigen und Wagenburgen.
Aufglühend Leuchten im Herzblut
Der Nymphe und Nonne:
Da ziehen sie hin
Die Pilger mit den Muschelhüten
Aber nicht immer wandeln sie so.
Von Irrfahrt heimgekehrt oder müde des Wanderns,
Legen sie ab die Muschelhüte,
Setzen auf die Sturmhüte:
Helme aus Stahl.
Ziehen dann dahin
Mit Musketen, mit Feldschlangen, mit Bliden,
Mit wetterwendisch bunten Fahnen,

Auch mit Morgenstern und Spieß.

Die junge Nymphe in der alten Nonne:
Erinnert sich gern
An des prallen Waibels, des frischen
Fähndrichs
Oder der stämmigen Landsknechte
Gemächt.
Nur mißmutig gedenkt sie
Der verrunzelten Haut aller Obristen und
Marschälle,
Lüsterner und alberner Greise,
Gewesener Männer: Lendenschatten,
Zwar zeugungstot, aber zerstörungsfröhlich:
Müde an Gliedeskraft
Doch unermüdliche Blasebälge
Des Krieges.
Oh Herre, Jesu Christe!
Schicke allen Soldaten,
Die Schänder und Sünder sind,
Die Lustseuch, Pest und Tod!

Vor allem den Obristen und Marschällen,

Den Verruchten und Zerfluchten!
Erst später ward es ihr helltief bewußt,
Nach
Viel Qualm, viel Mord, viel Raub
Der Kriegsläufte:
Daß jenes wild Heimliche nimmer ein
Vorrecht der Krieger.
Ach!
Spiegel gibt es und Käfer,
Rehe und Tautropfen,
Mitternachtssonne und Rautenfenster,
Kräuter und Schnabelschuhe,
Spindeln und Hühner,
Regen und Wochenstuben,
Haselnüsse und Eheringlein,
Schoten und Goten,
Safrangelb und Wachskerzen,
Hemden und Sand,
Humpen und Düfte,
Zuckersaft und Erdöl,
Anseit und dazwischen
So oben wie unten
Viel Ungeziefer

Schimmernd und greulich.

VI

Nichts anderes
Als Dinge und Menschen und Tiere nur?
Nichts.
Kein Drinnen und kein Draußen,
Nur die demütige Leere
Derer,
Die im Verwesen noch wesen
Und im Werden noch entwerden.
Nun reißt das Gewand sie vom Leib
Und steht da:
So starr, so unweh.
Nun legt ab sie auch das Weihel,
Säult hier an des Weihers Rand.
Sie,
Nicht mehr Nymphe, nicht mehr Nonne,
Ja kaum noch Weib.
Sie sah
Und schaute –
Gebrochen durch Licht,

Geläutert durch Luft,
Gestärkt durch Erde –
Nur Wasser und Fische,
Und Fische und Wasser.

VII

Und darin
Jäh
Den Großen, den Milden, den Heiligen
FISCH,
Aller Christen Geheimnis und Seligkeit.

Vergib, Herre mein, vergib,
Daß
Deine Magd aus Fleisch geschaffen,
Und ihr Fleisch
Dich
Vergaß und sündigte
Nach dem Gesetz dieser Erde,
Nach dem Gebot allen Fleisches,
Betäubt vom Rufen der Ferne
In des Ozeans Wogenorgel

Zwischen Aufgang und Untergang
Des Roten Kontinents,
Verführt vom luziferischen Totem
Der Natter, der Fremden,
Urfeindes Buhlschwester,
Der Herrin über alle Rebläuse
Von weit und nah.
Ich bereue, Herr, ich bereue!

Dann
Lauschte sie wartend und still
Und demütig wie ein Gebet.
Sah wieder
Nur Wasser und Fische.

Adagio zur Unzeit

Was nimmer ewig,
Ist nimmer wirklich.
Nur Träume –
Von Menschen der Allzahl und des Alltags
In der Ziffern und der Börsen dumpf
ranzigem Sumpf
Nie zu errechnen –
Nur Träume
Ewig sind.

Ewig,
Ohne Vernunft zwar, doch dämmerfrisch
Trotz brünstigem Schwefel, trotz keuschem
Salz.
So ewig
Wie unser Ich,
Geglüht aus gleichem Atom
Wie Träume;
Was schon wies
Der Englische Schwan.

Träume,
Die für uns
Unser Leben träumen?
Leben – ?
In der Widerengel und des Widersachers
Widerschein,
Glostend aus Hohlem Spiegel,
Ein Brodeln bloß
Selbstherrlicher Stoffe aus Ur,
Sich gattend jetzt, und jetzt scheidend,
Nach Gottes chemischem Rezept
Im irdischen Prüfglas Welt.

Dieses Sein – ?
Nichts als Träumespreu,
Geweht ins menschenwache Diesseits
Vom Träumeweizen,
Geerntet im gottesträgen Jenseits,
Dieses Sein,
Umtost von Gewittern unter Gewölk,
Umsurrt von Propellern über Wolken,
Bald süchtig und wild, bald bieder und platt,
Gewürzt mit heimlichem Gebet

Verzweifelter Gottesleugner.

Leib-Ich, Traum-Ich,
Ichtraum, Ichleib:
Träumespreu
Vom
Träumeweizen.

Leib-Ich, Traum-Ich:
Aufzuckt da durch nahes Hirn
Und fernes Herz
In herbstlichem Blutgang
Bitterer Gedanke –
Mein Ich
Ein Nichts für das jähe Gewog
Jener argwillig Tüchtigen
Aus Bracklehm und Gestank.
Doch
Für mich alles.
Ein Hafen ohne Maß
Und ein Kampf ohne Sieg:

Denn das Ewige kennt Siege nicht.

Offenbarung spröder Linse

Ich weiß nicht, was ich voreinst war,
Damals
In spurverwehter Frühe eines Urmorgens.
So wundersam hell, so wundersam zaudernd,
so wundersam trächtig,
Dieser Morgen, ein Ahn ohne Vorahnen,
Nackt und glücklich, weil ohne Zahl, ohne
Vernunft, ohne Uhr,
Als Horizonte und Keime des Todes noch
schliefen,
Während Bienen, schon reizbar und suchend,
still plünderten,
Glockenblumen, blau und staunend, lautlos
läuteten
Zu der Schöpfung letztem Abenteuer:
Da die Erde –
Die alte und nie müde,
Jetzt kühngekrustet und krustenstolz, Unzages
und Schräges verbrodelnd –
Aufträumte den Jungen Tag,

Der zum Tragetrog ward, zur Gärwiege,
behaglich, schaukelnd, brutwarm
Für eine neue Art, für das dunkel noch
Unbekannte – das Menschliche:
Nur ein Herz sich Leben zuerst erpochte, ein
zweites kam, dann noch eins
Und mehr.
So Herz an Herz
Durch Zeit und Zeitenwende fröhlich dort,
angstvoll da und bitter hier,
Umflattert von Schwalben und Gesetzen,
umrandet von Tannen und Antennen,
Verscheut durch Geheimnis und Schrecknis,
umtönt von Echoruf und Warnsirene,
So Herz an Herz
Emporstieg bis zu mir –
Denn,
Daß ich heute, inmitten meines kaum seligen
Jahrhunderts,
Bin und seine und wese
Sagt mir,
Daß in der Herzen Geschlechterreihe, gefädelt
aneinander und weitergeschoben

Wie Gebetsperlen, bachkieselglatt und
dennoch ungleich,
An fast endlosem Rosenkranz –
Von Ahn zu Ahnin, von Urahnin zu Urahn
und zurück, immer nur zurück
Durch viele Geburten, Schatten, Lichte und
Gestalten
In Zickzackfährten
Ich zum Anfang mich verliere:
Schier zurückgeboren werde.

Die Antwort

Wenn durch den Urfrost
Mittags jäh Gewitterstürme brüllen –
Wer hört da der Hummel Summen?
Wenn auf die christliche Stadt
Nächtens Luzifers Bomben, von Christen
entnabelt,
Berstend, sengend, pilzend niederheulen –
Wer hört da des Säuglings Wimmern?
Wenn zur Mette nun des Domes Glocken
Gottesschwer fromme Luft durchdröhnen –
Wer hört da das Ticken schmaler Uhr an des
Glöckners Arm?
Wenn der Fortetöne Gewalten im
Konzertpalast widerhallen –
Wer hört da der vereinsamten Hausgrille
klagend Gezirp?
Wenn in der Zeugung Leibestaumel
Auf froher Bettstatt Liebesschreie röhren –
Wer hört da des Holzwurms sanftes Bohren?
Und wer weiß da nachher etwas

Von jenem Dämmerdunkel und blutlauer
Bauchwiege der Schwangeren –
Wo er als noch Ungeborener
Seiner Mutter Pochherz früherst vernahm?

Und dennoch
Sind still da
In kreischendem Kreislauf bloß äußeren Tuns
Summen der Hummel,
Wimmern des Säuglings,
Ticken der Uhr,
Zirpen der Grille,
Bohren des Holzwurms,
Pochen des Herzens.

Genau so west
Unsichtbar,
Manchmal sacht nur zu ahnen,
Leise, sehr leise
Auch sie,
Die Seele

In mir und in dir.

Doch nie im Wir.

Zeugender Hauch

Was ist die Flöte ohne den Hauch des Bläsers?
Trocken Holz, hohlen Raum umrundend:
Erst des Bläsers Hauch
Macht aus leerem Holz die Flöte.
Der Hauch,
Der Hauch ist satte Magie
Aus des Bläsers Seele.
Oh,
Nimmer jene alte Magie, weder weiß noch schwarz,
Verrucht, begehrt, gefürchtet,
Doch
Mozartische Magie, so leicht und so satt,
Die löset die Seele vom Geist:
Seele aus der Vernunft Dickicht erlöst.
Ob Bläser, ob Dichter, ob Maler,
Sie alle, als Schöpfer, sie alle
Sind
Urmagische Banner
Des unwirklich Wirklichen:

Nachahmer Gottes nur
Und Frevler an Gott zugleich.
Aber manchmal auch –
Geschleudert in Stürme und Stillen demütigen
Zeugens, Schaffens und Vollendens,
Kraftvoll umsanftet von des Ewigen Gnade –
Für die Wüsten des Herzens
Einsame Zauberer und kühnzage Verzauberer
Im orgelnd segnenden Lichtkegel
Des nun versöhnten Gottes.

Dysangelium

Die Taube,
Jäh gefallen aus der Dreifaltigkeit –
An die glauben das Kind und die Mutter –
In unpfingstlicher Nacht
Zu unsern Häuptern flatternd,
Die Taube
Hat nimmer und nimmer, ob scheu, ob kühn,
Die Sprache der Menschen.

Auch der nahe Vater und ferne Gott:
Herrgott ohne Gestalt, ohne Raum, ohne
Zeit,
Wühlt und wogt und sternt in uns
Mit Lauten so fremd, die Funken sind
Und sprühen und knistern.
Aber er, der Vater, Schirmherr des
Apfelbaums, er kann nicht reden,
Wohl kann er Lehm zu Lehm formen,
Aber er, er ist nicht aus Lehm:
Also kann er nicht sprechen,

Wie auch nie können sprechen
Seine und unsere Tiere, Wesen der irdischen
Welt.
Allmächtig ist ER, aber silbenlos.
Weil Er schwebte über Wasser, Vernunft und
Wolke –
So Ihm nie widerfuhr Pein oder Qual:
Frei von Hirn und Wort
West Er von außen her
Auch in uns
Als mundloser Gast.

Nur der Mensch kann sprechen,
Indem er –
Der Jongleur auf tellurischem Varieté,
Wie ein tänzelnder Spieler mit
Gleichgewichten
– Dabei bangend um sein eigen
Gleichgewicht –
Buchstaben hochwirft
Und dann wieder fängt zu Silben,
Die Silben aus der Falltiefe in Wurfhöhe
Emporschnellt

Und, bumeranggeschult,
Jetzt auffängt zu Wörtern,
Die er hauchrasch kreiselt zu Worten,
Mit denen er –
Leibeinsam und seelenallein, verloren also,
und doch mit dem Herzen hoffend –
Seiltänzerisch naht
Dem Sprachlosen: der schweigt und ewigt.

Und zu ihm, dem Unsichtbaren, nun flüstert
und schreit und sagt,
Flehend bald, bald zornwirsch, bald demütig,
Was er leidet:
Spricht,
Zum Sprachlosen spricht
Im Gebet.
Schwierig ist es für Gott,
Den Betenden zu verstehen.
Erst wenn der Bittende in unermüdlichem
Wiederholen
Die Worte zu Wörtern löset,
Und die Wörter zu Silben,
Die Silben, in Buchstaben verendend

Und pendelnd hin, und pendelnd her,
münden ins Lallen,
Erst dann
Hört Gott –
Froh, nicht allein im eignen Weltall zu sein –
Nun zum Helfen bereit.
Und erst dann, erst dann versteht ER
Den Betenden,
Hört ihn:
Erhört.

Und die Taube?
Die Dritte Heilige Gestalt – wo ist sie denn?

Fragte nicht auch einst Sokrates, der
städtische Kentaur
Und große Redliche, unmagisch zwar, doch
magnetisch,
Der sich eine gute Hebamme nannte, da er,
der unermüdliche Frager,
Weisheit hob aus der Erkenntnis Schoß;
Fragte er nicht
In Platos Atlantischem Dialog, Mythos und
Vorahnung vom Abendland,

Eins, zwei, drei – und der Dritte, wo bleibt
er uns denn?
Irrtum! Trocken erkältet von kühlem Zählen
sagte er das gar nicht,
Fragte er doch nach dem Vierten schon,
Da dem ungetauften Sinn die Vier so heilig,
wie dem getauften Sinn die Drei.

Schauen wir die Taube nicht mehr,
Weil wir taub sind, taub waren zu ihr – ?

Sahen wir zuviel vom Bilsenkraut, dem
giftigen, die Sinne verwirrenden?
Atmeten wir zuviel vom Bilsenkraut, dem
widrig riechenden, zu Tollwut drängenden?
Das,
Zigeunernd schon an der Wurzel, immer nach
Schutt lechzt, mehr und noch mehr,
So auch uns zu Zigeunern sirente, uns
vertreibend aus unsres Lebens
Berstenden Häusern, die zersanken zu
Ziegelstaub, Möbelgrus, Knochenasche,
Aus Gottes geschändeter Luft tödlich
getroffen,

Nur –
Damit das schwarze Bilsenkraut lebe, sorglos
und fett wuchernd auf Schutthalden?
Dies bösbittre Kraut, Teufelsdill, atzt nimmer
unsre Taube.

Die Taube,
Ach, die Taube –
Sie schwebt von unseren Häuptern weg, ward
unsichtbar,
Stob in die Wolken, die weißen und alten und
weisen,
Und die zerstoben
In Dunst des Wassers.

Kreiswende und Wendekreis, Laufkreis und
Kreislauf –
Wiedergeburt und Geburtenwieder –
– Wiederkehr und Kehrwieder,
Sterblicher Beginn und unsterblicher Anfang:

Tau.

Ketzerische Frage

Das Herz ist immer ohne Licht,
Immer ohne Licht kreist das Blut
Dumpf in fruchtbarem Dunkel –
So bleibt das Herz dunkel,
Dunkel strömt daher das Blut
Durch lichtloser Adern Gezweig,
Gleich dem mürrisch finstern Wasser,
Das fließt durch düstere Rohre
Im Unterleib einer lebenden Stadt:

Ach,
Wie ist da auch das Fühlen
Umdunkelt.
Wird deshalb dem Menschen
Das Freveln so leicht?

Warum und warum und warum,
Geist über uns im ewig gotischen Schatten,
Hast du, blind vor Schöpferrausch, so lasch
vergessen

Die Lampen
Für des Herzens dunkle Kammern?

Wider Luzifer

Oft durchwogt mich der Glaube,
Gott habe mich erschaffen,
Geliebter alter Glaube,
Von sanften Hirten friedsam gesät
In still christlichen Tagen bang ferner
Kindheit –
Doch
Manchmal auch zerblitzt mich der Gedanke,
Ich sei von Luzifer erbrochen,
Verrucht ketzrischer Gedanke,
Lästerlich zernichtend
Unser Jenseits samt des Gebetes Macht
Im wirbelstürmisch unchristlichen Jetzt.

Zu wem also soll ich rufen,
Wenn die drängende Unbekannte in mir,
Meine Seele,
Ohne Wegfeuer, ruhelos und in Not?

Zu dem Ewigen oben?

Oder
Zu dem Widerewigen unten?
Zu wem flehe ich:
Dein Wille geschehe in mir?
Mein Wille aber geschehe in dir?

Du Ewiger, verborgen im Lichte des gotischen
Schattens,
Gib mir die Gnade und Kerze und Kraft
Zum Gebet,
Wie ich als Kind es einst so innig getan.

Der späte Gast anno 1913

Der Hradschin zu Prag,
Ketzerische Arche über der Stadt,
Leuchtend im Zwielicht,
Dem geheimnisvollen und noch
abendländischen –
Einst Europas Mitte, doch nicht Europas
Kern:
Herrischer, traumeskühler, selbstherrlicher
Hradschin,
An den gejagte Tiere, auch müde Jahreszeiten
Sich erschöpft lehnen.

Hinter seinem Schatten – der satt und
höhnisch und ohne Schlaf –
Das Gewinkel trüber Häuser, würgend eng im
Kreis
Um die klare, die kräftige, die verklärte
Gottesburg.
Hier,
Aus dem alten Dom von St. Veit,

Aus Sage und ferner Geschichte,
Floh ich
Ins Jetzt, das gezäumt und umzäumt;
Ich, erst achtzehn Jahre jung und ein jäher
Zweifler schon,
Unreif wohl, aber voll des zwanzigsten
Jahrhunderts:
So stand ich vor bannendem Geist und
widerirdischer Tiefe
Heimatlicher Gotik,
Die ich, ein saumseliger und zweckloser
Christ, noch kaum begriff.

In lunarischer Finsternis meines Herzens –
Fremd vor Hochmut, ungerührt von
Wehmut,
Noch nicht mit Schrecken und Leid
durchblutet –
Ahnte ich
Noch nichts von Wurfhöhe und Falltiefe
Des Worts,
Auch nimmer etwas
Vom Sündensturz der Gedanken;

Und wußte nichts
Vom Baum unsres Glaubens,
Der da lebendig wächst von Oben nach
Unten,
So daß seine gewipfelte Krone unten,
humusnah, im irdischen Sein –
Seine Wurzel jedoch oben, wolkenfern, in
errungener Seligkeit:
Wohin mahnend weiset
Des Domes strenger Turm.

Nicht weit, nicht weit die kleine Gasse
der Alchimie,
Gasse der Hoffart, Gasse der Versuchung,
Gasse der Leugner –
Handwerker am Geheimnis,
Die wähnen zu leben, obwohl sie nur
schwimmen, zufällig und verworren,
auf den Windwellen ergrimmten Sturms.
Nie Schöpfer, nie Durchleuchter,
Dem öde hungernden Invaliden gleich,
Der sein Holzbein zu Feuerscheiten zerhackt,
um fade Kohlsuppe zu kochen,

Oder gleich dem eiferwütigen Geizigen,
Der seinen Leib verkleinern möchte und
kaum noch ißt,
Damit sein Sarg dann magerer sei und so
weniger koste.
Leugner des Lichts, Leugner des Ewigen,
Die wahrheiteten Lügen und logen
Wahrheiten –
In dieser Gasse mit fahlgrünen Mauerecken,
umschwirrt von Beelzebubs Fliegen,
Die vorher irgendwo
Auf erblindeten Spiegeln, violettem Brokat,
geknickten Blumenstengeln krochen
Und vermessen glaubten, sie wären heitere
Bienen.
Doch hier, auf kaltem Quader, keimt kein
Bienenseim,
Kein Honig prassenden Seins;
Vielleicht beim Bittgang ad Sanctum Vitum
Tropfen Kerzen in zitternder Hand ab ihr
Wachs, das kam aus echter Wabe.
Gelles Lachen eines Kindes, des zahmen
Raben Gekrächz, heutiger Ton eines Autos,

Der frostige Glast jener spitzbogigen Scheibe
Verfängt sich im matten Glanz mausgrauer
Krawatte, die mich umhalst.
Mein Hirn durchflimmern weltliche
Erinnerungen
An Indischtee, Mädchenmund, Fußballtore.
Zerknirschung und Weihrauch mich also
nimmer bedrängen,
Während ich hier stehe – winzig, dreist und
selbstgerecht –
Vor des Domes greiser Macht,
Die sich weder vor Sternen noch Mond noch
Menschen verneigt.
Wahnwitz einer Uhr, die Stunden unseres
Lebens zählt, ohne selbst zu leben,
Sie blutet nie und ist dennoch fruchtlos,
Unähnlich dem Weinstock, der verwundet
und blutend
Dann keine Trauben trägt.
Dämmerdunkel der Seele allüberall,
Auch wenn die Sonne nüchtern hellt,
Räusche der Seele,
Eigenwillig und maßlos, zeugend und

weichend.
Heiden und Fromme, Deutsche und
Tschechen, Soldaten und Mörder,
Auch junge und alte Frauen, bald schön
oder bald häßlich,
Stets hurtige Händlerinnen des Augenblicks
und holde Hüterinnen der Gegenwart,
Sie alle, Weib und Mann, sie alle
Knien drinnen gemeinsam innig und gehen
draußen aneinander feindlich vorüber,
Denken an hilfreiche Rosenkränze, an
gewesene Himmel oder lüsten nach Geld.

Dies ich damals frevelnd sann:
Das Vergangene glömme in die Zeit,
Glimme fort, werde Ewigkeit, düster und
morsch;
Nichts war, nichts ist,
Als sterbliche Luft;
Nichts war, nichts ist,
Als Nachtgewieher trojanischer Pferde, aus
Vorzeit und fremdländischer Weide
Hierher verirrt,

Vom Widersacher, dem gehörnten und
höllischen, abgefeimt gelenkt;
Nichts war, nichts ist,
Als irrsinniger Stein, freche Ziegel und
kupplerischer Mörtel,
Gefugt zu Pfeiler und Haus.
Ich fühlte, ich wähnte –
Das Jetzt sei Ewigkeit.

Umhallt von einsamen Schritten im
Schloßhof, dem nahen und nie zärtlichen,
Wacht wuchtig und kupfern, einst in
Nürnberg gläubig gegossen:
Der heilige Georg, einfältig rein, verwegen
und streitbar,
Wirsch Drachen tötend.
Warum nicht sanft hirtend
Lämmer, Tauben, Falter und andere Tiere
des Herrn?

Plötzlich schwingen, dröhnen und rufen
die Glocken –
Doch ich spüre IHN nicht,

Den des Menschenmetalls Klang in meinem
Herzen soll wecken,
Ein Klang, so rauschend nah und erhaben
fern,
Der eben ins Schweigen verstummt.

Nun Glockenstille.

Ein wenig Wind, dann schüchterner Regen:
Ich höre,
Wie Gott zu mir flüstert.

Der Balgtreter

Kaum ein täppischer Wüstenwind,
Ein Stück Leib nur, auf schier felsigen Füßen
stehend,
Wuchtend im Hintergrund ungotischen
Schattens:
Das ist der Balgtreter
Oben in des Kirchenschiffes Orgelkerker.

Wir bringen Bach!
So sprach der Balgtreter, fohlig und töricht,
Als der alte Orgelspieler –
Einer von uns Traumschauenden,
Heidnisch entgöttert und christlich gegottet –
Als der Orgelspieler, nun wider Willen
uneinsam,
Mit Hirn und Hand
Bachs herbe Tongewalt begann,
Die,
Hier an Gottes irdische Steinwand flutend,
Der Seele himmlische Herzwand durchbrach,

Das Ewige in uns strömt ein in den Ewigen drüben,
Unendliches Echo aus unendlichem Raum,
Ohne Zeit, regend und erregt,
Hallt herüber zu uns –
Das Sterbliche umarmend.
Sieben Urtöne anders stets wiederkehrend in satter Tonlandschaft,
Sturz in Tiefen, Sturz in Höhen,
Nimmer Schall, immer Klang,
Tonleiter zum Fegefeuer, Tonleiter der Erde,
Tonleiter zum Jenseits,
Höllenleiter hinab zum Baß, Himmelsleiter hinauf zum Tenor,
In es-Moll seufzt und irrlacht die Angst der Gespenster,
Doch in E-Dur Menschen verzweifeln,
Wieder und wieder Ruhe und Beruhigung in h-Moll –
Gewitter des Hirns und Aufruhr des Blutes verebben,
Berge von Schmerz schmelzen,
Ein See des Friedens kühlt des

Wunschlosen Ufer:
Seele schwebt aus des Leibes Zwinger empor
zum Urlicht der Ferne,
Wo starke Hirten ungewappnet stehen auf
zarten Halmen
Und dennoch des Teufels Erz zerstören.

Herrlich haben wir heute gespielt!
Sprach jetzt der Balgtreter, so fohlig und so
laut,
Zum Orgelspieler, alt und still:
Als Bachs heilig segnende und weltlich
heilende Töne verklungen –
Und der Orgelspieler drei Weilen noch saß,
So innig, so einsam, so verklärt
Nachlauschend gewesenem Laut
Und erstarrt zu Bachs raumlosen Raum.

Der Balgtreter aber, aber der Balgtreter, so
albern und so fohlig und so gell,
Blieb und lebt.

Das Moschusreh

Ein kleines Moschusreh
Gläsern Hauch von Paul Klee,
Gebrochen die Gelenke
In des Berges Gesenke,
Trauert,
Schauert,
Hilflos verstrickt in Bangen:
Jeder kann es jetzt fangen.
Gefesselt ist die Scheu,
Halm wärmt noch nicht als Heu,
Scheu jedoch ist des Moschusrehs Seele, die
sich hier harmt,
Der sich nun eine einsame Beere milde
erbarmt;
Wenn fehlet die Scheu dem Moschusreh,
Dann ist solch Tierlein kein scheues Reh.
Paul Klee, der Zage und Zärtliche, ist längst
tot,
Wer rettet unser Moschusreh aus seiner Not?

Vermächtnis

Mein Kind,
Trauere nicht,
Daß ich aus diesem Sein ins andere ging
Und nun begraben bin.

Dreimal warfest Du an meinem Grab
Aus Deiner linden Hand
Meiner Erde unten
Geweihte Erde nach.
Darum weine nicht.

Wer gestorben ist,
Lebt:
Lebt
Wie der Falter,

Der seinem alten Raupenleib entflattert.
Wer gestorben ist,
Der verwandelt ist
Und lebt:

So lebe auch ich,
Hinter dem Licht
Im gotischen Schatten.
Lebe
Durch Dich und in Dir.

Nicht nur meine Seele lebt,
Das weißt Du längst,
Ich lebe weiter,
Aber anders denn als Seele nur.

Und für diese Seele
Bittbete manchmal still und stark.
Rasch antwortest Du:
Aller Väter Vater,
Sei meinem Vater gut.
Verzeih ihm seine Sünden,
Verzeih, verzeih,
Wie Du mir einst verzeihen sollst.
Auch ich werde einmal sündigen,
Nur weiß ich nicht, wo?
Nur weiß ich nicht, wie?
Nur weiß ich nicht, wann?

Denn wäre nicht das Sündigen
Wärest auch Du ja nicht,
Denn Du,
Barmherziger,
Bist nur,
Weil Du uns Menschen die Sünden verzeihst.
Amen.

So wirst Du beten.
Und so will ich beten:
Hilf mir,
Daß ich meine Tochter schütze
Allezeit und allerorten
Vor Unheil und Unfall jetzt,
Vor Missetat und Ehebruch später,
Nicht vor Leid,
Des Herzens Wermut –
Leid soll sie ertragen,
Hat sie doch ein Menschenherz,
Und Herz ohne Leid
Wäre ein Stein, kein Herz.

Mein Kind,

Da ich Dich körperlos umschweben muß,
Bin ich immer bei Dir,
Auch wenn meiner Seele Kerker,
Dieser Leichnam,
Unsichtbar geworden.

Doch anders als sonst
Bin ich Dir nahe;
Anders, anders, anders:
Knarrt eben die Tür:
Aus diesem Geräusch hörst Du mich,
Dessen Leib erst gestern entschwunden;
Dumpf summt das Flugzeug über Dir –
Aus diesem Ton hörst Du mich,
Dessen Stimme schon verklungen.
Müden Tages mattes Licht sinkt in milden
Abend –
Von dort her erspähest Du den Blick von mir,
Dessen Augen nun erloschen unter
geschlossnem Lid.
Ruhst Du unterm Weidenbaum
Und schaust vor Dir den grünen See –
So siehst Du mich,

Dessen Gestalt längst in Nichts zerronnen.
Geht sacht der Wind –
Dann spürest Du den sanften Druck
Meiner Hand,
Die nicht mehr hier.

Überall ich
Dich umschwebend,
Als Hirte und Hüter
Deines gefährdeten Seins,
Dich feiend
Wie eines Kinderengels behutsamer
Flügelschlag
Den kleinen Schützling behütet,
Dich also umsorgend,
Dich also beschirmend,
Und so überall ich
In diesem oder jenem Geräusch,
Im Vogellaut
Und der Geige Singen,
Im Lärm der Weltstadtstraße,
Und der Heide satter Stille.
Im Nebel der Nacht

Und vor der Sonnenscheibe Wolkenbank,
Im Lachen eines spielenden Mädchens,
Und im verzeihenden Lächeln des alten
Priesters.

Im Flackern der Kerze,
Und im Funkeln des Weins, umkelcht von
kristallenem Glas,
Im Leuchten der Fackeln auf nächtlichem
Gletschereis,
Im jähen Halt
Knapp vor dem Tod durch Unfall.
In allem,
Was unser Leben scheint,
Gemacht aus Luft und Humus,
Feuer und Wasser.
Im Blick und Licht des Diesseits
Bald hier, bald dort,
Im Aufdämmern des Morgens,
Im Verdämmern des Abends
Überall, allüberall
Deines Vaters Geleit und Rufe
Von drüben her, von drüben her.

Nur wenn Du dereinst einen Liebsten hast,
Der Dich küßt –
Dann Du mich vergebens suchst:
Denn da –
Ich armer Schatten aus dem Jenseits –
Bin ich nicht.

Das ist das Glück der Erde:
Sei Erde!

Das erste und das letzte Holz

Traumparadies, so friedsam ungepflügt,
blühte weit,
Als Zeit raumlos und Raum zeitlos in einem
noch war,
Des Apfelbaums Stamm wurzelte in der Erde
breit,
Geschützt vor dem Lichttier Sonne,
allzugierig gar,
Wo unter Blätter Schatten,
Nicht wissend, daß schon Menschen sie
waren, diese Zwei,
Frei vom Sterben sie sich gatten,
Triebhaft, leibreif, hirndumpf in zwiesamem
Einerlei.

Des Baumes Stamm umrindet von lebendem
Holz,
Dereinst nach viel unseliger Zeiten Wenden
Wird ER, Sündheit erlösend, am Kreuze
enden,

Dessen Martergerüst taute aus totem Holz.

Kindlich, ohne Schuld, weich und feucht,
neugierig Holz des Anfangs
Für Schlafende in der Sünde Regen,
Greisig, hart und dürr, Holz des Endes und
doch auch des Aufgangs
Für Wachende in der Reue Segen.

Des Urbaums lebend Holz umfeite erstes
Bewesen –
Des letzten Baums geschlagen Holz hielt
diesen Tod
Des Heilands in seiner jetzt so menschlichen
Not –
Von irdschen Süchten und Leiden und
Sühnen genesen,
Damit gemeuchelt Holz, nun geweiht,
aststrotzend grüne wieder,
Kein Leib faulig, dann verstorben,
Tote Faser lebend werde und auf Acker falle
nieder,
Weil Seele kühn, nie verdorben.

Schweigen des Fleisches, doch Knirschen des
Holzes, als eindrangen die Nägel des Frevels,
Der Essig des Mitleids, vom Schergen
gereicht, nimmer versöhnte,
Indes schrien die Gespenster, Geier und
Tränen irrten in Unruhe des Nebels,
Als Gesetzes Gewalt, aus Erde gemacht, Gott
so zerhöhnte.

Fruchtholz der Erkenntnis, Fruchtholz des
Bittersandes,
Kreuzholz der Erlösung, Kreuzholz des
Schnitterlandes.

DIE NACKTE LYRIK

Gedichte
1946 – 1950

Die Elternwiege

Schweigen,
Vormenschlich, vorheidnisch und verborgen,
Vielleicht nach ungezählten
Geschlechterketten
Von uns verlornen Spätfahren in bangen
Mondstunden noch fahl zu ahnen,
Aber nie mehr zu erloten,
Versunken in ein Gewesen:
Urfern, erschaudernd, urgrau.
Einst,
Als Zeit noch war ohne Gedächtnis,
Das Eis schluchzte und der Stein lebte,
Gletscher entgegenträumten
Ihren künftigen Moränen,
Regenfluten weinten,
Winde, noch nicht entwirbelt,
Wild sich gatteten mit kainischen Stürmen,
Die aus dem Weltall verstoßen,
Nun Schauer auf Schauer über erstarrende
Erdrinde keimgierig fegten,

Frostkalt bald, bald siedeheiß,
Als aus Tieren mählich Menschentiere
wurden,
Bragen sich wandelte in Hirn,
Als Lemuren fast grinsten,
Erze noch schliefen,
Noch kein Schuldgefühl, noch kein
Sündenfall, noch kein Verzeihen.
Und noch ungeboren die Seele,
Nur zeugender Tod, nur rohe Chemie
Der noch ungehemmten und bösen Natur.
Da war es, da war es schon da,
Trächtig und schwer
Das Schweigen:
Urruf
Des dereinst morgendämmernden
Abendlands.

Lunarischer Sang

Dringt aus Fernen der klagend tiefe Ton
Eines Vogelrufs,
So erklingt in mir etwas, so schmerzend und
so einsam:
Ist nimmer geheimes Lied der Landschaft,
Nimmer schroffer Atem der Natur,
Ist es doch mehr: ein Beben hinter der
Landschaft –
Und ein Atmen, das schon lange war vor aller
Natur.
Durchsägt aber der Fabriksirene Schrillen
Zur Glockenstille abendlich müde Luft,
Schwingt, schweigt, schwingt in mir ein
Sehnen ohne Sucht, so stark und so herb,
Da singt nicht Heimat, nah und heiter, in
meinem Ich,
Eine herzöde Urheimat singt und singt,
unliedsam singt
Mit
Fremd unheimlichem Laut.

Geist der Vorzeit

Schweigen schwang schwanger
Aus Stollen und Tiefen
Des Unbewußten:
Voll von archaischen Lebnissen;
Denn Erleben gab es damals noch nicht.
Auch noch nicht Gewußtes –
Nur Rot, Ocker, Schwarz;
Wie jene Bildnisse, fern und nächtlich und magisch,
In der Urhöhle von Altamira, der alten und kalten.
Ohne Vernunft und fast verschollen,
Doch nie ganz erloschen;
Nun Schicht um Schicht des Lebens zurück
Bis an Uranfänge zur Menschheitsfrühe,
Dort, wo einst
Vorheidnisch unter Wisenten äste der Geist unserer Vorzeit
So unbang neben jäh aufflackernder Furcht,
Aus junger Finsternis

Den nächtlichen Himmel zu schauen,
Dessen winzige Sterne noch knisterten.
Da keimte kein Wort –
Denn Wort hätte ermordet das Schweigen,
Schweigen:
Quellgrund und Labsal und Leiden künftiger
Hirne,
Heimat
Des denkenden Funkens.

Vor dem Haus der tausend Bücher

I

Ein Historiker betritt die Bibliothek:

Manchmal froh,
Doch niemals fröhlich,
Voll Grimm wider knechtselige Kärrner
gichtisch gelähmter Weltstadt,
Denen gilt Ariosts zorniges und ewiges Wort
„Pöbel, des Todes wert, noch vor der
Geburt“.

So flieht er
Vor Zwiebelruch, vor Schacherern und vor
Frömmlern,
Vor Selbstgefälligen und Hämischen und
Gleisnern,
Dies alles flieht er,
Nimmer sehend
– Umschwirrt vom Gehusch überzüchteter

Autos und tiefkreisender Stahlvögel –
Regenbogen oder grelle Haltzeichen;
Nimmer hörend
– Umschrillt vom Getön unedler
Werksirenen und des adligen Boschhorns –
Amsellaut oder scheues Kindergreinen;
Und nimmer fühlend
Das Atmen unsterblicher Luft oder die
Blutflut einsamer Herzen;
Meist ein Buhler mit nervösen Maschinen
und holden Radioröhren,
Vertrackt, doch nicht töricht,
Inmitten vergangener Gegenwart
Spähend nach gegenwärtiger Vergangenheit.

Also reist er in die Bücherkeller,
Wo geschichtet Geschichte
Aus Myriaden von Buchstaben und Siegeln,
Betastet und durchleuchtet geronnene Zeit
In ruhigem Suchen:
Fast geschlechtlos
Ohne Ehrfurcht und ohne Gnade.

II

Ein Historiker verläßt die Bibliothek:

Und nach gierigem Kauen
Von viel Verwestem
Ist sein Ich
Noch immer ein Wesen
Mit männlicher Sucht, mütterlichem Witz
und kindlichem Traum.

Hinter ihm –
Bereits fern,
Doch entfremdet kaum –
Gedankenschutt
Vergangener Zeiten, bald klar und bald blaß.

Schier schon taub vor lauter Schweigen,
Nun fort
Von den oft mächtigen und auch zarten
Bücherleichen,
So tritt er,
Plötzlich ohne Abend,

Aus den Räumen umewigten und gehegten
Staubes
Hin in den Tau des Grases
Und des Morgens
Und des Jetzt:

Licht
Regen
Ein Stein –
Sein

Das kahle Liebesgedicht

Ein Mann jähen Blutes, oft kühn und oft
bang,
Ein Verwandler stets, nie bloß ein Wandler:
Erfährt die Wonnen der Wirklichkeit
Und erkennt der Sinne Wesenheit;
Zuletzt gar, was jeder weiß, uralt, und
dennoch keinem kindlich mehr bewußt –
Das eine, das große, das schlichte Wahre:
Aus eines Weibes Schoß er kam.

Darum er auch immer sucht
In starkem Sehnen, in verwegnem Begehren
Den so heimlichen und so holden und so
zärtlichen Schoß,
Im erdigen Kreislauf des erdewigen Eros –
Er ahnt, er fühlt, er zeugt, er stirbt dies,

Nur dies:
Liebe ist Heimkehr.

Entträumte Sackgasse

Schicksal –
Als Wort von allen frisch geschändet,
Die, nach fauligen Wurzeln lechzend,
Zernagte Strünke essen und kalkiges Licht
haschen
Im aschevollen Gestern, im essigtrunkenen
Jetzt,
Umschüttert von bissigem Gelächter.

Schicksal –
Als Zeichen von vielen mißbraucht und nie
gedeutet,
Wie eine zufällige Fahrkarte der Straßenbahn,
Karg an Lettern, doch dicht an Spaltpilzen,
Lässig zwischen achtlosen Fingern
Eines denkträgen Jünglings, mit Pickeln im
sonst kühlen Sportlergesicht.

Schicksal –
Kaum von wenigen noch erzittert,

Nie mehr tragisch, wertelos gar und lächerlich nun
Wie die billige Scham einer
Filmschauspielerin, öffentlich rüde belichtet,
In jenen Kinonächten, gemein und ungeheim,
Die unsre hormonlüsternen Drüsen ruchweise reizen,
Wie eure schallraschen Düsenvögel rückstoßend sich antreiben.

Schicksal –
Als Sinn von keinem erkannt, von keinem empfunden,
Verleugnet von Leugnenden
Und vergessen vom Geleugneten.
Den alltäglich Hochmütigen scheint es bloß der verunglückte Scherz
Eines geldsüchtigen Clowns, mit Gelbsucht, in greller, aber bewachter Manege.

Schicksal –
Heute nichts
Als nur, geborsten und entdottert,

Eine Ei-Schale, heimatlos verirrt auf glastend
glattem Asphalt,
Über die, ungestüm und schattenlos,
irgendeines Autos fettbereifte Räder
Nun nüchtern hinwegrollen.

Geborstene Glocke

Wehruf, Angstruf, Warnruf
Aus dämmernden Urfernen
Über unserer Erde Gedenken hinweg,
Das längst verwichen oder nie gewesen,
Denn der Vormenschheit Erinnerung
Ist verdorrt und verschollen.
Bisweilen aber
Jäh erwachten
Ererbte Träume
Von verwehter Zeiten Vorahnen her,
Ungeschlacht und heimsuchend,
Darinnen qualvoll quoll
Jener Schreckfurcht
Schrei:
Neandertaler vor uns!

Als einst aufgetaut das zähe Eis unewiger
Gletscher,
Waren sie da,
Sie,

Neue Wesen im Umkreis
Der Steine, Lindwürmer und Krusten,
Noch mager an Zahl und ungesellig:
Menschentiere
Ohne Menschlichkeit.
Unter fliehender Stirn:
Kein Gewissen, bloß Trieb
Nach Fressen, nach Zeugen, nach Reißen.
Augen:
Lauernd, ohne List, ungerührt,
Nie strahlend.
Mund:
Schnauzenartig, mit harter Lipp und felsigem
Gezahn,
Nie lachend.
Hände:
Oh, welche Pratzen, wuchtig und roh,
Nie behutsam.
Und das Blut:
Nie empfindsam und nie gebenedeit.
Herz:
Nur ein Blasebalg dumpfen Seins.
Keine Hütte, kein Haus,

Höhlen nur,
Wo kein Feuer,
Keine Gnade
Und kein Mitleid –
Denn Seele lebte noch nicht.

Dann in des Brodems düsterem Dösen
Von einer Urwelt zur andern
Neandertaler als Herden
Voll feindseligen Geselligseins:
Menschentiere
Noch immer ohne Menschlichkeit.

Viele, viele Zeitalter später
Kaum noch Neandertaler –
Endlich Menschen nur:
Wesend, wünschend, werkend, weinend,
Lächelnd, lernend, lehrend, liebend.
Seele blühte –
Seele klärte und verklärte
Leben und Bangnis und Hoffen.
Menschlichkeit kein Hülsenwort,
Gefühl jedoch und Gebot:

Erkannt, erstrebt, erlebt
Von menschlichen Menschen.

Plötzlich durchhallte
Unsere Gegenwart
Alturalter
Wehruf, Angstruf, Warnruf:
Neandertaler jetzt unter uns!
Nun Herden zu Horden gedrillt –
Tiermenschen
Ohne Menschlichkeit.
Gelenkt von Waibeln, braun oder rot,
Unter des Feldes Zeichen:
Bald Widerkreuz, bald Hammersichel,
Die
Kreuzigen, hämmern, sicheln
Heischen, heischen, heischen
Und drohen und fangen und strafen:
So des Daseins Honig versalzen,
Dabei jenes Wachstum vergessend,
Das allein wirklich nur und doch auch überwirklich,
Geruhsam schöpft und schafft –

Dafür
Sie,
Die Tiermenschen,
Bloß Fortschritt predigend,
Der mehr wortgebläht denn worteswahr,
Zuletzt unmenschlich gar –
Wahn mit Widersinn,
Sinnwahn ohne Witz,
Wahnwitz ohne Sinn,
Und Wahnsinn ohne Sinnen.
Glücklos alles Leben –
Immer bewacht und vorausbemessen,
Ob Arbeit, ob Lust, ob Schlaf,
Ja, jeder Gedanke vorher gefiltert
Durch Nachbarn und Schergen.
Ohren des Wohnhauses
Gesetze für Richter sind:
So schwelen
Kummer, Ängste, Marter nur.
Menschliche Menschen
Werden gehetzt und erschlagen.
Die Seele,
Sie wird

Zerlacht, geleugnet, erwürgt.
Und aller Frevel größter:
Dem menschlichen Menschen
Hier und dort
Werden
Durch Willkür,
Die so dreist und so stumpf und so straff,
Sein Ich
Und seine Einsamkeit geraubt:
Schon zermürbt
Den Verzweifelnden ruhlos drängende
Frage –
Was ist der Mensch
Ohne Ich?
Und was das Ich
Ohne Einsamkeit?

Neandertaler –
Böswillig,
Schnauzenartig,
Prankenroh –
Noch heute unter uns!

Wann hörst du endlich auf,
Wehruf, Angstruf, Warnruf?

Zeit ohne Amen

Greuliche Pilze,
Grausam und riesig
Aus Luzifers
Unselig neuem und frevelnd schwerem Stoff
Wasser
Umbomben –
Falter versengend, Träumer zerbrennend,
Lerchen erstickend –
Wolkenzeugend und wolkengrollend
Dieser Erde Letzte Wiese,
Wo
Unser vereinsamt Kind
Aus Angst
So plötzlich und so hilflos
Singt.

Schmerzliche Sicht

Nietlose Finsternis umwölket die Wahrheit,
Die,
Jetzt ohne Quellwasser,
Kaum entrieselt, wieder versickert.
Und sollte doch
Aus dem Leuchten reinen Wassers geboren,
Sie,
Die Wahrheit,
Das Gedankenblut unseres Lebens sein.

Dagegen
Schemenklar ohne Erklären,
Nagt sich durch unsrer Mißklänge Tag
Der unteren Eingeweide kranke Wahrheit:
Gelogene Wahrheit.

Können wir da noch Nielügner sein?
Wir,
Stets Niefreie wir,
Aber auch du,

Schleppend entmörtelte Ziegel:
Am Wegsaum,
Ohne Baum,
Wie im Traum.
Gelenkt von Worten,
Die,
Uns umpeilend,
Aus dem Dunkel hart befehlen,
Uns,
Die wir nur Löhner sind,
Kellend an Mauern
Ohne Pfeiler und ohne Grund.

Wir,
Die wir
Entkalkte Skelette,
Zerlumpte unsrer Seele:
Nur Handlanger
Am Turm neuer Lüge.

Wie mühselig ist es
Für uns,
Auf Leben Hoffende,

Übers Meer tückisch fauligen Brackwassers
Hin zum fernen Inselgestade
Des grausamen Lichts,
Der einsamen Wahrheit,
Der Wahrheit allein,
Der
Wahrheit
Zu
Gelangen.

Der Widerspieler

Gelbdorn im Hirn,
Spülicht über Firn,
Süchte in Lachen,
Grünspan im Fleische,
Rot er auch heische,
Die Farbe der Herde,
Auf verratner Erde,
Blausäure im gellen Blute,
Kälte unterm Muschelhute,
Im Haar Schwarzlauf,
Lästrung aus Knauf,
Harsch das Herz,
Starr der Sterz,
Fäule im Rückenmark,
Zoll für der Liebe Mark,
Hände so zärtlich und zart,
Für Frauen betörend Art,
Kalkkerze im Auge,
Durchsprühet die Lauge,
Mäusegrau die Lippen,

Vom Glück sie nie nippen,
Immer seelisches Späneln und Reißen,
Um aus Einfalt Widerspruch zu schweißen,
Nur Böses eingesungen,
Für Oger eingesprungen,
Kein Gefühl, kein menschliches Prägen,
Sittliches immer nur zersägen,
Jetzt entträume dich,
Und enträume dich:
Und das, du Gauch, wohl gar ein Ebenbild
Gottes?
Nein, nur geteigt aus Speichel teuflischen
Spottes.

Jitterbugmelodie einer kleinen deutschen Trompete

Ein Aldermann – Freund und Zwinger des
Alltags,
Pfiffig und gut lebend,
Weil verarmte unwissend Wähler sein üppig
Sein bezahlen –
Eines Abends nun vaterseelenallein
Und zerwittert von fröhlicher Traurigkeit –
Schläft nicht im Ohrensessel vor dem
vernünftigen Schreibtisch,
Einem Riesen aus Stahl und Holz, kalt und
schwarz und kahl,
Der
Geruchlos wie eine nahe blasse Kiste,
Die sonst als Kleiderschrank kantig verkleidet,
Von segelnden Motten kräftig entlüftet,
Und hart wie gefroren Bienenwachs,

Ein Aldermann, der vordem war nur irgend
ein Jedermann,

Hier ruht er auf seegrünem Gummikissen
Des einsam spöttischen Ohrensessels,
Er ist selbstverloren,
Auch versunken in seines Hirns Gully,
Denkt jetzt nüchtern frisch ohne Traum:
Ich möchte ein Glasbläser sein!
Warum bin ich denn kein Glasbläser?

Dieser Aldermann in seinem knabenhaft
unweisen Denktraum wußte nichts
Von Glasbläsern,
Deren lungenmorscher Hauch
Ins Leben blasen Glastrompeten:
So klein, so durchsichtig, so zart.

Der Aldermann
Sieht draußen vor dem Fenster zaubernd
großstädtischer Mitternacht
Klangweisen von Grieg und Smetana
Jitterbugig umgestülpt zu flimmernd Locklicht
an der Hochhäuser Stirn,
Bunt getönt aus Glimmröhren und
Glühlampen,

Den Dirnenbirnen käuflichen
Leuchtstroms –
Wendet sich nun kreislaufgestört ab und
erinnert sich
Der Liebe,
Die manchmal ist ein Zahlungsbefehl,
manchmal ein Ei aus Teeporzellan,
Meist nur ein mürrischer Tennisball, doch
kaum mehr weiß,
Da von vielem Spiel schon schmetterlos und
mürbegrau.

Vom Glasbläsertraum bleibt die Trompete
nun als Glasbläserschaum;
Denn der Aldermann weiß nicht,
Daß er nie eine Glastrompete, so sinnlos
herrlich, zeugen kann,
Da
Sein Mund, sein Hirn, sein Herz
Sind ein Ist: er ist
Trompete.

Grabspruch
auf unsern Alltag, mit billigen Worten unsres Alltags

Gehäufel von Nullen,
Ihr wähnt, daß ihr lebt,
Doch,
Ihr lebet nicht,
Auch wenn ihr noch so tobt, lacht und rennt,
Ihr lebet nicht,
Auch wenn ihr noch so tanzt, hurt und mault,
Ihr lebet nicht.
Da ihr nicht lebt, braucht ihr nicht erst zu
sterben,
– Sterben beweiset das Leben –
Ihr,
Verräter eures Selbst und von eurem Ich
Verratene,
Kleidsam, aber mehr leidsam, unselig gar,
Weil nie gelebt und nie gestorben.
ABER:
Ihr seid im Untergang immerdar,
Auch wenn um euch der aufgehenden Sonne

Licht,
Auch wenn euch umstrahlt
Taghelles Feuer
Bunter Neonröhren oder weißglühender
Scheinwerfer,
Ihr wimmelt und wühlt und wuchert dennoch
dahin
Nur in steter Dämmerung.
Seelenloses Gewoge
Von heuchelnder Flut und unehrlicher Ebbe,
Immer ohne Hören der Stimmen,
Die aus der Innentiefe Höhen
dringen und drängen –
Da singen die Stimmen über der Erde
Und schwellen an:
„null zu null sich gesellend
null mit null sich paarend
nullen in herden
nullen in horden
nullheit
oben wie unten".
So sangen die Stimmen über der Erde
Und verhallten.

Nun schauen die Augen über der Erde
Oben wie unten
Nullheit.

Nullheit
Oben wie Unten:
Darin
Wähler und Gewählte, immer von
irgendwoher gelenkt;
Vielerart Buchhalter – fischblütig, auch als
junge nie jung,
Kaum in Shorts, im Lodenmantel zumeist,
doch mit Kugelschreiber,
Keine Luftschlösser im zwar saubern, aber
beschränkten Karteikopf,
Bloß am Wochenend der klare Rausch vom
Fußballtoto.
Zahlen gierig nur verschatten der Seele Glanz.
Die Augen über der Erde erkennen in der
Nebelhelle des Seins:
Der Fabriken, der Parteien, der
Wechselstuben Besitzer,
Und die Eigentümer des eigenen Steißes,

Das – oh du empfindliches und gutgepflegtes
Gesäß! –
Auf Sitzkissen aus weichem Gazellenleder
ruht,
Indes der Eigner dieses Wohlbehüteten
geruht,
Makler zu empfangen, Wahllügen zu billigen
oder Gewinste zu berechnen;
Auch satte Händler, die Bottiche, Käse,
Tennisbälle oder Büstenhalter anpreisen,
Ansonsten zuverlässige Steuerschwindler sind;
Aber immer noch ehrlichere Täuscher denn
jene Volksspreller,
Umrötet vom Sibirischen Stern,
Die ängstlich mißtrauische Sklavenhalter sind,
Und mißtrauisch zitternde Sklaven zugleich;
Die ungenannten Spießerfreuden – bald
mager, bald üppig – in den Eheställen;
Dann der Stundenhotels, der Freudenhäuser,
der Spielklubs angesehene Inhaber,
Die alle pünktliche Steuerzahler sind.
Sie sprachen nie, sie schwätzten kühn, sie
stritten krankhaft,

Verleugneten die Wahrheit und logen leise,
logen wölfisch, logen laut,
Waren vernünftig nur im Rechnen, sonst
abersinnig, auch abergläubisch,
In erschauernder Neugier angezogen vom
hingegriffelten Teufel an der Wand,
Dicht vor dem Sturz in Abgründe.
Gesichtet und gesüchtet,
Trotz aller Körperkraft,
Von Schwächlingen im betörend
verzehrenden Fieber der Selbstzerstörung.
So ward das Herz zu keiner herrlich freien
Wildnis,
Wie insgeheim es sich gewünscht,
Banges und sanftes Herz ward zur umzäunten
Wüste bloß,
Herzsprung in den Alltag, ins Nullenmeer,
täuscht und enttäuscht,
Denn das Flache und des Alltags nützliche
Dinge haben keine Magie.
In Wehr und Abwehr
Hart auch und harsch, gefeit wider Nachsicht
und Rührung,

Ist die Seele,
wird sie gereizt und mißachtet.

Da stehen sie noch immer,
Die alten trojanischen Pferde,
Aus deren Bauch unaufhörlich neue Kriege
wandern, einer nach dem andern,
Hinterlistig und bösartig die Erfahrenen, listig
und böse die Frischen,
Zu Stoßtrupps sich ballend, ohne Angst vor
der Abwehr des Gegners,
Und ohne Furcht vor dem Tode,
Wie man es sie auf Brachfeldern so lange
gedrillt,
Bis sie schier den Atem verloren, nimmer
aber die Waffe,
Sie können nicht zurück, sie müssen vor,
Weil hinter ihnen nichts als das unwirtlich
Holz
Der Bäuche der unwirtlichen Stuten,
Sie heulen auch nicht aus Todesfurcht,
Sie sind abgestumpfter, also stärker heute und
jetzt

Als einst vor Jahrtausenden urstarke
Urmänner es waren,
Wie Gilgamesch, der Halbgott und
Gottmensch,
Der weh aufschrie, als er gewahr ward des
Sterbens:
„In meiner Schlafhütte wohnt der Tod,
Und wohin ich fliehe auch,
Ist er, der Tod!"
Vorerst trifft sie, die späten Nachfahrn, noch
kein Geschoß,
Abgestumpft und abgefeimt dringen sie weiter
vor, unbehindert und unverwundet,
Die Dumpfen und Dummen haben Glück –
Denn Dummheit ist Glück.
Hinter ihnen stehen und wachen noch immer
Die alten trojanischen Pferde,
Mit ihren zwar hölzernen, doch fast ewigen
Bäuchen,
Die seltsamen Rosse so gefährlich sind,
Weil sie nie und nie wiehern wollen,
Sie können nie sterben, da sie nie wurden
geboren.

Ungeborne bleiben Ungestorbne.
Das klingt dunkel, voll törichter Unweisheit.
Doch ist nimmer törichter und nimmer dunkler
Denn unsre elektrisch erhellte Unzeit,
Die alles zwar hat
Gehirne und Erde,
Träume und Uran,
Tempel und Luft,
Technik und Sport,
Wolken und Feuer,
Chemie und Mode,
Kinder und Wasser;
Und der eines doch fehlt –
Das Gewissen.

Da singen die Stimmen über der Erde
Und verhallen.
Da schauen die Augen über der Erde
Oben wie Unten
Nullheit:

Geradezu königliche Pförtner in Hotels

und Luxussanatorien,
Höflich entgegenlächelnd vornehmer
Kleidung und rassigen Homburghüten,
Barsch abweisend jedoch schmutzige
Regenmäntel und ausgefranste Hosen,
Nebenbei beflissen vermittelnd dienstfreie
Stubenmädchen oder Liftboys,
Je nach Neigung des zahlenden Gastes;
Radioverkäufer, Radiokäufer und
Radiohörer,
Geeint durch gleiche funkgewellte Meinung
Über Wortkonserven und Konservenmusik,
Manchmal auch über Konservenreden in
Parlamentskonserven,
Selbst nichts andres – Verkäufer, Käufer,
Hörer – als Menschenkonserven,
Sich ernährend von handlichen Konserven mit
Milch, Fleisch, Fisch oder Obst,
Konserven hier, Konserven dort,
Sogar Fernzeugung schaffen Konserven,
Samenkonserve über Land und Meer zur
vereinsamten Bettgenossin sendend,
Die bisher unbekannten Kitzel erfühlt:

Begattet nicht vom Mann, dem blutheißen,
begattet von einer Konserve –
Ergrimmte Bergsteiger, die kaum jodeln,
Und unalpine Kühe im Funkprogramm, die
immerzu jodeln;
Freundliche Kellermeister, großzügige
Weintrinker,
Bärbeißige, aber nicht bissige Bierzapfer und
kleinliche Bierseidler.
Besitzlose Waffenträger der Nation,
Verteidigt den gefährdeten Grundbesitz –
Auf dieser Seite West;
Und auf jener Seite Ost –
Heimlich Widerwillige
Im russischen Zwillich, russisch bewaffnet und
russisch verschult,
Kämpft für die Abschaffung des Innenlebens,
Kämpft für das streng überwachte Heim,
Kämpft für die schwergerüstete
Friedenstaube!
Nun dünkelfreche Abgeordnete und ölige
Schwarzhändler,
Ernste Bankräuber und heitere Juwelendiebe,

Auch Zöllner höheren Ranges, erprobte
Freunde der Schmuggler,
Mitwisser verdunkelten Geschehens und
Mitteilhaber geraubten Gutes,
Wer heute denkt, stiehlt heute nicht allein,
Sondern gemeinsam mit erfahrenen und
behutsamen Polizisten;
Verfasser von bunten Fragebogen und
Beantworter dieser Fragebogen –
Unechte Arbeit, von echten Müßiggängern
erdacht;
So der Leute unsrer Unzeit viele sind, nie zu
zählen alle,
Etwa noch
Ehehungrige Mädchen vor Schreibmaschinen
und auf Straßen,
Bankherren und Modedamen, Bürgermeister
und Gerichtsvollzieher,
Vereidigt oder nicht vereidigt, manchmal
treuherzige Falscheidschwörer,
Wo immer sie gehen, ruhen, turnen, spielen
und laufen,
Ihre Schamteile gehen, ruhen, turnen, spielen

und laufen immer auch mit,
Das ist die einzige Wahrheit, die jedem gewiß.

Alle im Gleichschritt der Unzeit,
Gefühl ein Gerede nur, Herz eine Retorte,
Gebete Worthülsen bloß,
Alle im Dösen und Wuchern der Fäulnis,
Seele nie ersehnt,
Nie gewußt
Und nie vermißt,
Alle im Gleichschritt der Unzeit,
Alle im Gleichatem des Aases,
Alle im Gleichschleim der Nullen und
Quallen:
Alles ohne Gewissen.

So waret ihr
Und so werdet ihr sein,
Ihr wähnt zu leben,
Und lebet nicht.
Schöpfer und Götter,
Götter und Schöpfer,
Schmerzliche Denker,

Denn Denken ist Leiden,
Schöpfer und Götter,
Urfeinde
Des Dösens und Wucherns,
Urfeinde
Des gleichen Schreitens,
Des gleichen Atmens,
Des gleichen Meinens,
Aber
Immer untertan dem Gewissen,
Immer untertan dem Geist,
Schöpfer und Götter,
Sterben und starben –
Und bleiben und leben doch.

DAS STIRNAUGE

Aussagen
1951 – 1954

Krückstock und Lesebrille
Zuvor

Credo, quia absurdum: Ich glaube es, weil es wider die Vernunft ist. Die bekannten Worte des lateinischen Kirchenvaters und großen Gelehrten Tertullian – der derb naturnah, bekümmert heiter und bewegt träumerisch in einem war – leiten hier das Vorwort ein, weil das Salz dieses Ausspruchs auch das Salz der LYRISCHEN AUSSAGEN DES STIRNAUGES ist, ohne daß sie je etwas mit Kirchlichem zu tun hätten.

Diese Aussagen suchen aus dem Dickicht üblicher Vernunft bisweilen nach Fährten ins logisch Ungewohnte, sogar schon ins schier Unlogische unseres weit schweifenden, eng kargen, sprossend üppigen oder gehemmt verdorrenden Lebens. Ist aber nicht jedes Leben – auch noch in seinem leisesten Beben, auch noch in seinem schlichtesten Sein – immer auch ein dichtendes Leben? Es dichtet sich selbst. Es ist in dieser oder jener Form lyrisch. Das Leben an sich ist, nach den Worten des japanischen Denkers Suzuki, „psychologisch oder biologisch, aber nie logisch“. Auch Jugend, kräftigster Ausdruck menschlichen Lebens, wohl meist unbesonnen, ist vielleicht sachlich, aber kaum logisch. Leben hat gleichsam Zwerchfell, also Humor. Lyrik, auch ernste, kann Humor haben. Lachen ist logiklos – Logik dagegen humorlos. Ein logisches Lachen gibt es nicht; Mutterboden unteuflischen, daher gutmütigen Gelächters ist das Widerlogische. Prometheus war ein kühn irrender Lichtbringer, kein irr rechnender Logiker; war nicht sein ganzes Tun schöpferisch unlogisch, war es nicht das Tun eines Dichters? Das Leben, lachend und weinend, spinnt Träume – Logik, fühlfremd und kleinlich, häkelt bloß an Denkresten. Die Logik unseres Alltags ist eine Fessel für unser Bewußtsein im Kerker unseres Leibes. Sie verführt zu Augenschein – und, gebettet in Vernunft und bewacht vom Verstand, schafft sie auch Augenschein.

Diese Fährten jedoch sollen vom Augenschein, der nur Außenschein ist, hier weich, dort hart hinwegführen.

Man sieht, man hört, man sagt immer nur das Gewohnte, von dem man vermeint, weil es augenfällig ist, sei es bereits das wesend Wirkliche. Aber Gewohnheit wird bald auch gewöhnlich, verblaßt trotz äußerem Wirklichsein. Und aus lauter gewußter, vorgewußter, nachgewußter Wirklichkeit erscheint das gewohnt Übliche dann schier wesenlos – wirkt es dadurch nicht schon fast unwirklich? Jedweder merkt nur, wie etwas aussieht, keiner schaut mehr, wie etwas da ist, keiner spürt mehr, wie etwas innenkräftig west. Gehörtes, das sonst durch unsere fünf Schulsinne stets so eindeutig als vernünftig bewiesen und beweisbar gilt, wird kaum mehr ursprünglich empfunden. Was man Menschenalter, ja Zeitalter hindurch auf die gleiche Weise wiederholt, das wirkt letztlich so: ungeprägt, entmünzt, abgegriffen. Es wird zu Denkschutt, wird zur Worthülse, wird zu geplärrtem Einmaleins der Begriffe, wird zur Schablone der Gefühle, Erfahrungen und Erkenntnisse, wird zum Uhrenlauf der Dinge, wird zum Schattentrott der Menschen. Oder auch – inmitten Motorengelächters, Kesselschluchzens, Turbinengesangs – wird es zur platten Tatsachensicht, zur wohlfeilen Vernunft der Leute Jedermann und Unsereins: Geton einer Papageienwelt.

Das Ursprüngliche in Riß und Kern schrumpft ein. Etwa bloß deshalb, weil nichts mehr zu echtem und neuem Widerspruch reizt?

Die meisten Menschen unseres Jetzt kraulen übermütig, aber seelenlos durch unseren Lebensbottich. Steigen sie aus dem Wasser, erglänzt ihre nasse Haut. Wer erkennt da gleich bei diesem Schimmern und Glitzern, daß er es bloß mit entblößten Körperhüllen zu tun hat? Die Seele wanderte aus und ließ den Fleischesschrein leer. Wann kehrt die Ausgewanderte wieder in ihre Leibesheimat zurück? Wird sie kommen, wenn die Nassen hier sich mit den Tüchern der Erkenntnis und Reue abgetrocknet haben und dann sehnsüchtig nach ihr rufen?

Ein Vogelschrei ist dem heutigen Menschen,

besonders in der Großstadt, etwas Gewußtes, nicht mehr nur etwas nackt und rein Gehörtes. Wir müßten das selbstgefällige Dösen im Herkömmlichen und Gewohnten jäh unterbrechen. Wir müßten einmal mit Ungewohntem, sogar mit schroff Unlogischem und kraus Widervernünftigem unsern Hirnacker durchjäten und auflockern: vielleicht hörten wir dann zuletzt den Vogelschrei wiederum ganz urhaft. Wer aber da wähnt, es sei hier an eine grüne Rückkehr zur Natur gedacht, der hat mißverstanden. Der heutige Mensch – in frischer Natur oder nicht – muß wieder lernen, einfach und dicht zu erleben. Nicht bloß von seiner Schau aus, auch vom inneren Sein der Dinge, vom Hintergründigen jeglichen Geschehens her. Wer so handelt – könnte der dann nicht in einem paulinisch wachen Augenblick damaszenisch erleuchtet werden? Dann wüßte er plötzlich dies: er muß von nun an seiner nüchternen Vernunft, seiner üblichen Logik mißtrauen. Wird doch unsere helle und aufhellende Vernunft im Alltag oft derart verwitzt, überspannt oder sonst mißbraucht, daß sie sich manchmal geradezu in Finsternis verwandelt und so unser Bewußtsein verdunkelt. Schon das Bewußtsein richtig zu erkennen, ist schwieriger als geheimes Wünschen unruhiger Frauen zu ergründen. Ist ja nach C. G. Jung „die Welt des Bewußtseins eine Welt voll von Beschränkungen und Wege versperrenden Mauern. Kein Bewußtsein kann mehr als eine kleine Anzahl simultaner Vorstellungen beherbergen. Alles andere muß im Schatten liegen und der Sicht entzogen sein".

Dichtung allein kann in seltenen Stunden dieses Schattengebräu durchdringen – hier jedoch nicht sehend, nicht sichtend, nur ahnend, einer Mondsüchtigen gleich: und da bricht dann das Unbewußte widerlogisch ins Bewußtsein ein.

Rot ist rot, das weiß jeder. Das Selbstverständliche ist selbstverständlich, das ist jedem bewußt – darüber denkt niemand mehr nach. Und deshalb wirkt dann alles wohl auch so blaß, weil die Leuchtkraft des einst Ursprünglichen ja längst schon verblaßt ist. Aus Blassem kann nur noch Blasseres kommen. So wie wir nach der

Zerstörung unserer Häuser wieder wußten und schätzten, was ein Haus eigentlich sei – so muß auch das gehortet und ermattet Satte unsrer schulgedrillten unerlebten Vorstellungen und Ansichten erst einmal logisch erschüttert, vielleicht auch verschüttet werden, damit wir, eines Tages wieder wach und ursprünglich, das Rot neu entdecken und sogar das Selbstverständliche neu verstehen und *schauen*.

Wohl ist die landläufige Vernunft Labsal und Glück derer, die sich für verstandeskühl halten. Gewiß, Zwei und Zwei ist für sie und ihren Alltag – immer Vier. Und doch könnte es einmal sein, daß gegen allen „Tagessinn schulgeschulter Toren, für die Zwei und Zwei stets nur Vier, nie etwa Drei oder Fünf" ein anderes, widervernünftiges Ergebnis sogar sie, die so stolz Nüchternen, verwegen großartig narrte. Auf einem anderen Stern wäre dieses klare, nur irdische Ergebnis, Zwei und Zwei ist Vier, vermutlich falsch – vielleicht sogar auch auf der Erde. Hätte nämlich unser Heimatplanet einige Umdrehungen mehr oder einige Umdrehungen weniger, so stürzte dann nicht nur unser bisheriges geistiges Gerüst ein – auch die dürftigen Rechenmaschinen samt ihren bunten Zählkugeln aus unserer Kindheit fielen um, und unsere einfachen Rechenwahrheiten wären plötzlich unwahr. Gewiß, die Glockenblume ist blau, „aber ich habe Blau nicht erlebt" – was Blau ist, das wurde einem in Elternhaus und Schule vorgezeigt und vorgesagt. Meint nun etwa einer, Safran färbe nicht gelb, sondern schwarz – so wird jeder, der sich mit seiner Vernunft stolzt, das angezweifelte Gelb zu beweisen versuchen. Also durch Widerspruch gereizt, kommt es hier bei ihm zu einem neuen, zu einem innerlichen Schau-Erlebnis der ursprünglichen Farbe Gelb. Dennoch könnten Lebewesen und Lebloses jenseits der diesseitigen Wirklichkeit von der gewohnten Farbe abweichen, so daß Gelb sogar zu Schwarz würde. Magie der Intuition! Da kommt alles nur auf den Blickwinkel an, auch auf Art und Zeit des Geschehens, auch auf den Ort, wo einer steht, auch auf die Schaukraft des Beobachters, falls er Vernunft und Logik überwunden hat.

Und schwingt da nicht im Leben und zwischen dem Leben oft auch Widersprüchliches und Unlogisches und Widervernünftiges still oder laut mit? Nicht nur in unserem Jetzt – das war auch vor Jahrhunderten schon so. An den Ausspruch Tertullians wurde bereits erinnert: er galt und gilt für den abendländischen Kulturkreis. Aber auch für andere Kulturkreise galt und gilt Ähnliches. So kam um das Jahr 700 in der chinesischen Gedankenwelt die Bewegung des „Zen" auf, die noch heutzutage in Ostasien viele Jünger bannt. Zen ist überzeugt, „daß unsere gewohnte logische Denkweise unfähig ist, unsere tiefsten geistigen Bedürfnisse wirklich zu befriedigen. Die innersten Qualen der Seele fanden keinen Ausdruck in den Worten, da Logik unseren Geist bremst, so daß die wirklichen Tatsachen des Lebens außer Sicht geraten. Denn Logik ist einseitig: die sogenannte Unlogik aber muß für das letzte Verständnis keineswegs unlogisch sein. Was, oberflächlich gesehen, irrational erscheint, besitzt seine tiefere eigene Logik, die dem wahren Wesen der Dinge entspricht".

Da der kunstschöpferische Mensch immer wieder der großen Natur frischen Sehstoff, frischen Hörstoff mutig entreißt, ahnt er zuletzt längst Uraltes plötzlich abermals: Die Natur weiß nichts von Vernunft, nichts von „Naturgesetzen", nichts von Wissen. Aber auch das scheinbar Widervernünftige gehört zur Natur; auch das scheinbar Widervernünftige hat seine eigene Logik. Nur kann das nicht jedem gleich einleuchten, nicht jedem gleich bewiesen werden, wie man einem Kind oder einem Tölpel nicht beweisen kann, daß auch an nebligem, scheinbar sonnenlosem Tag dennoch die Sonne da ist und wirkt. Einfach und griffrasch zu verstehen, wie der alte, rauh schlüssige und jedem sofort beweisbare klare Augenschein ist derlei nicht.

Wie das Leben strömt, sinnlich deutbar oder unterschwellig ahnbar – so auch die Lyrik.

Lyrik bedarf für Lyriker kaum erklärender Hinweise. Lyriker brauchen keinen Krückstock, keine Lesebrille für die noch verschatteten Texte des widerlogisch Seelischen im geistigen Innenraum des Leibes. Aber den Lyrikfernen, den Lyrikfeindlichen, bisweilen auch den Lyrikliebenden, alle zu fest an ihr grobes Werkstundensein und ihr schal eintöniges Vergnügen gekettet, soll manches erleichtert werden, da es ja oft menschlich wider ihre Erfahrung und ihre Logik in ihrem Alltag geht. Denn diese Lyrik zeugt Reizungen, hat aber auch ihre Reize. Das Lyrische quillt nicht aus dem Wort allein, es sproßt und blüht und wogt außerdem noch oder schon im Denkerischen. Wie es da gelagert, wie es da geschichtet wird, drängt es zusammen und weitet sich aus als lyrische Fuge – das hat aber für das noch ungefüge Ohr, für das noch ungefüge Auge einen vorerst noch ungewohnten Klang, eine vorerst noch ungewohnte Sicht. Da entsteht auch ein anderer lyrischer Ausdruck, als der war, der sich nur im sagbaren Singsang erschöpfte. Es ist bald wie in der Mathematik. Zwei und Fünf ist Sieben: das ist Prosa und nicht lyrisch – das Integral dagegen ist für ein mathematisches Empfinden rein lyrisch. Wer zwei, drei Mal liest, dem wird allmählich das Geheimnis von Wurfhöhe und Falltiefe des Worts – und dann auch das ganz andere lyrische Lautenspiel in heutig sprödem Tongefälle offenbar werden. Und an manchen stark widerlogischen Stellen wird er eine vielleicht skurrile, vielleicht groteske Logik auch in der scheinbaren Unlogik wahrnehmen. Wer es freilich wagt, auf solchen Fährten in die Afternebel der Vernunft von den Gebrüdern Jedermann und Unsereins vorzudringen, der ähnelt einem tagträumenden Schwimmer, der – eben noch vom hohen Wippbrett springend – in der schreckjähen Spanne zwischen Absprung und Aufprall kopfwärts merkt, daß wohl Steinboden unter und vor ihm ist, jedoch kein daunenweiches tiefes Wasser. Dennoch mußte und muß der Sprung gewagt werden. Kichern ist da wohl leicht, klärt aber nichts.

Schon Goethe ahnte etwas vom Schöpferischen des scheinbar Widervernünftigen, als er schrieb, es sei da etwas in der Natur, der belebten und der unbelebten, der beseelten und der unbeseelten, „das sich nur in Widersprüchen manifestiert und deshalb unter keinen Begriff, noch viel weniger unter ein Wort gefaßt werden könnte. Alles, was uns begrenzt, schien für dasselbe durchdringbar: es schien mit den notwendigen Elementen unseres Daseins willkürlich zu schalten; es zog auch die Zeit zusammen und dehnte den Raum aus. Nur im Unmöglichen schien es zu gefallen und das Mögliche mit Verachtung von sich zu stoßen".

Des Stirnauges Weisheit ohne Wissen

Stehe ich –
Entflohen
Der Logik tyrannischen Enge und der
Vernunft grausam Finsternis,
Gleich einer Imme,
Die,
Eigensinnig und keck, entflogen ihrem
Wabenhaus –
Stehe ich
Auf so trächtigem, so einsamem, so
nächtlichem Acker
Allein
Und schaue empor zum Himmel,
So kann ich ihn einatmen.

Nur
Rein sein muß mein Mund, mein Sog stark
und hell:
Dann ist der andere Himmel in mir,
Wird verdaut zu innerem Himmel

Und leibewigt in der Seele fleischlichem
Gehäus;
Speise ohne und wider Erde:
Weder Rind noch Fisch, weder Kraut noch
Mehl, weder Obst noch Ei.

Und wen der innere Himmel glühend
durcheist,
Der ist verwandelt –
Der schmeckt den Zucker im Salz.

Der eilt vorüber, wo Gott nie ist;
Und verweilt nicht, wo Gott immer ist:
Aus Furcht, Gott könnte ihn bannen.

Ihm wird die Teekanne zur Turteltaube,
Die Winterballade – fahl, keimleer und
glaskalt –
Jäh zum Frühlingssaus – hell, samenprall
und feuchtwarm –
Der Kopf im Spiegel widerstrahlt als Apfel des
Zankes,
Die Antwort fragt und die Frage antwortet.

Das Dritte Auge,
Geheimnis der Stirn, hintergründig und einst vergessen,
Ist erwacht,
Blicklos nach außen und blickvoll nach innen:
Der Neunte Sinn, funksprühend, grellblühend,
Übermannt und überweibt mich,
Der Sinn der Ätherwellen, Zitterrochen und Radarfernen.

Über bisher Gewußtes –
Von der Vernunft Hirnorgel klar gespielt, oft bewiesen und logisch bezeugt –
Schaut gotteskühn hinweg das Stirnauge
Und schaut anders:
Mond sonnt sich als Mittagsgestirn,
Und Sonne mondet um Mitternacht.

In des Getöses Stille bin ich verwandelt,
Und wer verwandelt ist,
Der sieht, der fühlt, der hört, der spricht anders

Und wieder anders:
Das Schwarz verhungert, verdurstet;
Das Rot gelbt blau und Blau grünt weiß;
Das Hirn herzt und das Herz hirnt;
Der Ton klingt lautlos und das Lautlose tönt;
Aber
Das Ja lebt nicht und das Nein lebt nicht –

Nur
In der Vernunft roh triftigem Tag
Das immer Unsichtbare und das immer
Unsagbare
Selbstvergessen, selbsteigen, selbstbewußt
Irgendwo – beschienen von lichtlosem Licht
und nimmer verwesend –
Schrothaft west
Wie treues Brot, kräftig und morgenfrisch.

Ziegelstein, entbunden

Ziegelstein, heil – des Abendlandes Freude,
Ziegelstein, berstend – durch der Bomben
Meute;
Ziegelsteine, heil oder geborsten, des
Abendlands Irrtümer, gibt es jetzt viel,
Den Ameisen erscheint des Ziegelsteins
Kanteneck als ungeheuren Schiffes Kiel.

Buddho einst sprach: wir schauten nur an
– Menschen, Tiere, Gräser und Dinge,
Doch nimmer könnten wir die andern auch
sein: welch gleisnerische Schlinge.

Keiner von uns Menschen weiß, wie der
Ziegelstein still sich selber sieht,
Wort oder Zahl nur Zeichen – alles über der
Vernunft Brücke zieht,
Auf der Esel, Kinder, Orangen, Räder und
Kluge wandern,
Ob einer denkt oder nicht, nie kümmert sich

eins um den andern.
Dieser Brücke Pfeiler, in Sand gerammt so
altersfest:
Immer bloß der Augenschein – bisher ohne
Zweifelsrest.
Doch Augenschein nur ererbt Vorurteil, wie
Litanei fahl weitergesagt,
Brütet träg und fad über Sicht und Geist
– niemals etwas Neukühnes gewagt;
Augenschein, oh Kebskind so
novembermüder Vernunft,
Dreist höhnend ungewohnt Sehen, Tropf
altverwohnter Zunft.

Sehen ist des Auges Mähen,
Und Rufen manchesmal Krähen –
Ich sehe sie als tote rote Ziegelsteine,
Der Baum vielleicht als keusche Hunde ohne
Leine.
Rehe silberten im alten Wald,
Harte Knaben wilderten dann bald,
Im spukhaften Halmenmüll kein Mohn,
Der Mann im Mond scheffelt scheuen Lohn.

Rehe, Wälder, Ziegelstein,
Männer, Monde, Sternenschein –
Mädchenbrüste, Logarithmen, Kugelblitz,
Zahlenheere,
Bocksbeutel, Zufallskinder, Kegelschnitt,
Ziffernmeere.

Unser Abendland, Buddho so fern,
Zwingt die Natur, die kaum sich beugt gern.
Ein Ziegelstein allein – plötzlich entbunden
und atomzertrümmert –
Unselige Wucht zerteilt, um der Frommen
Ruhe unbekümmert:
Dieser kleine rote Stein zerstäubt mehr an
Macht,
Als Millionen Hengste vereinen an Kraft.

Atommeilerglut, Weibesfrost, Gefühlstod und
Menschentalg –
Wolkenbruch, Seelendürre, Weltallskälte und
Herzblutkalk.

Hemmender Anker

Verstand – :
In der Gleichnisse Meer
Wie ein Matrose, der seiner Schwere
entschwert,
Nun
Abenteuerfroh, leicht und trunken
Klimmt und schaukelt an schwankenden
Rahen
Des Orlogschiffes, getauft „Vernunft",
Das
Ankerbewußt, eng, selbstgefällig,
Gedörrter Planken kahlen Geist
ausdünstend –
In Stunden, den unbangen, den großen,
Die aus tauenden Himmeln segnend auf uns
fallen nieder –
Nur
Quer und wunderfeindlich weset
Fremd
Auch der hartnäckigen Phantasie vieler

Kolumbushirne,
Immer feind jenem Kolumbus –
So schweifend, so verwundbar,
so grenzenlos –
In dir und in mir.

Ankerbewußtes Orlogschiff:
Nie
Es will fahren durch Wogenwasser,
Worauf Panther, von Fohlen und Sperlingen
witzlahm verfolgt,
Lind springen,
Und nie will es segeln durch Kornfelder,
Wo Fische, gemeinsam mit Seemuscheln und
Quallen,
Hüstelnd hüpfen.
Kein Traumwind, sonst mild und leutselig,
wundert sich
Jetzt über solch Orlogschiff,
Das
So bieder vertrotzt und so ehrbar nüchtern;
Zersalzt, zerrostet, zerkalkt an Seilen, Ketten
und Klüsen,

Ach, wie kentert es, rechts krängend, soeben
an der Gehre,
Nun selbst verwundert, daß am Frühmorgen
Der verwegne Mondball
Rotrund sinkt,
Indes zur Tagesneige die feige Sonnensichel
Abendgrün scheint
Über das gelte Vieh, das nur trüb sich atzt.

Der stürzende Matrose jedoch
Fällt nimmer in Tiefen –
Frei von Pol und Widerpol: seiend, mürbe,
bleibend,
Schwebt er beschwingt
Im satten und herrschsüchtigen Ruch
Der Kamille.

Irrend Zwielicht

Finsternis der Vernunft –:
Licht und Glück
Der Tölpel,
Die spitzfindig, kaltfindig, sachfindig sind –
Und die da sinnen und leben so hirnbequem
und so griffig nah
Immer und immer Beweisbarem nur,
Die da werken und wirken fern von der
Träume Hauch,
Doch nie fern jener Geometrie
Der sinnlichen Antworten, winkelklar und
entschlossen.

Oh denk-enge Toren,
Die da,
Fern von des Stirnauges einsamer Weisheit,
Wesen gar so hoffärtig, gar so emsigklug, gar
so selbstgerecht
In des Augenscheins Gnade und Macht.

Aber der Augenschein,
der Augenschein aber –
Bald Vesuv, bald Termitenhügel, bald
Seifenschaum,
Auch Atommeiler, auch Buhlschaft, auch
Brillenglas –
Augenschein, stets so sichtig und stets so feil:

Augenschein so vielerlei
Ist weniger wirklich
Als
Der Singdrossel Tränen, des Nußbaums
Schlauheit, der Wolken Geschwätz,
Des Zinnkrauts Ironie oder des Glühwurms
sprödes Gelächter.

Rechenfehler

Der Schein sprüht hoch durch Auges Sicht,
Fettes oder mageres Licht?
Das Auge lebt durch Hirnes Kraft,
Das Hirn wirkt durch der Träume Saft,
Der Topf: ein Splitter Luft, bauchig
wandumrandet, ein Span Wille des Töpfers,
Ein Stück Leere, aus Weltall gerissen,
drehend nasse Scheibe des Schöpfers,
Der Ton: etwas blinder Schweiß unsrer Erde,
Lehmig dicht in diesem lohdunklen Werde,
Der Holzstab: ein gewesener, ein verlorener
Zweig vom Baum,
Heiter verfolgt von Hagebutten und Immen
am Pfadessaum,
Der Haß: ein beizender Irrtum der Liebe,

Falschmünzend geseiht durch schartige Siebe,
Das Wahre: vom Wirklichen kaum mehr
denn nur betörender Schaum,
Ein Tellergericht am Kreuzweg in der
Schenke prellendem Raum,
Das Wirkliche: eine Aussage mit Ja, mit
Nein,
Fröhliches Täuschen in sterblich
unsterblichem Sein,
Ja: eine Winterwolke im Sommer, Nein: eine
Sommerwolke im Winter,
So ziehen sie untierisch, mennigrot, gallgrün
dahin: oft Schinder, oft Kinder.
Ein Rechenfehler des Verstandes: unsere
Vernunft,
Der Flugameisen und Wagenräder sandklare
Zunft,
Verstand: ein Rechenfehler des Denkens,
Gemein bieder voll listigen Schenkens,
Denken: ein Rechenfehler des menschlichen
Kopfes,
Strenges Segeln unterm Schopf auch des
Wiedehopfes,

Der Mensch: aus Mitleid und Herzgnad
Gottes einziger Rechenfehler,
Wider Einsamkeit, seelenah und keimend,
stelzen helle Hehler,
Teuflischer Geist gischtet ruhelos kaltheißen
Seim:
Nun frevelt Höllisches, Himmel raubend,
ohne Reim –
Gott: ein Rechenfehler des Menschen.

Kryptischer Kloben

Schrickt aus Träumen
Der Mensch des Neins, nothaft, in der
Novembernacht,
Der neunlichen, nicht neunten, doch neuen,
Dann
Ist es finster draußen wie drinnen –
Die Stille schmerzt und zehrt,
Und die Leere, unsichtbar und gewiß, lästert
aberfromm.

Läutet seine Herzglocke in Moll
Des Blutes jähe Stunden,
So läutert ihn keine Ruhe in der Seele
Stoppelfeld;
Nur
Wenn das Stirnauge zirbeljäh und zirbelfrisch
erwacht:
Da wird unirdisch hell des Denkens
widerirdische Kraft –
ES SIEHT SICH SELBST

Im Zwielicht,
Dem hoffärtig lächelnden und gnomenhaft
zersetzenden:

Nun weiß sein Ich –
Weiß sein Ich nun?

Zwei Hirnkugeln
Nervzitternd
Schweben unter seines Schädels Gewölb:
Zwillingen gleich
Schwingend und schweigend gewachsen
Aneinander –
Wie bei der Waage
Verbunden durch den Kloben,
Der klein, nötig, bar:

Herrscher des Gleichgewichts
Der Kloben
Auf der Brücke stimmloser Befehle
Von Hüben nach Drüben, von Drüben nach
Hüben –
Das Einsame stets lenkend zu zweit:

Das eine Allein an das andre Allein
Fest gefugt;
Und doch und doch bleibet
Diese eine Zweisamkeit
Auch einsam.

Immer links blitzt auf das Hüben,
Das Drüben aber immer rechts –
Die Kugel links: sie tut, sie fühlt, sie erlebt;
Rechts jedoch die Kugel: sie äugt, sie wägt,
sie bewahrt.
Links der Schlick vom Werden und Sein und
Enden;
Und rechts – des Gewesenen und der
Gedanken Schnee.

Gichtisches Hirn heilen des Evangelisten
Früchte,
Herb, traubig, satt:
Johannisbeeren,
Die noch rot,
Werden schwärzlich, ätzen schmerzend
In der süßen Säure ihres Zweifelns –

Das,
Sind die kleinen Kerne zähnig zerbissen,
Hinübersäuert ins Verzweifeln.
Aber
Ist nicht Schwarze Johannisbeere,
Vitaminüppig und voll früher Sommerkraft,
So gesund?
Marmelade des Fegefeuers und der Läuterung
für Blut und Hirn?

Doch
Das Frohe – fröhlich kaum gekeimt und
schon zersickernd –
Ist bald vergessen;
Das Trübe nagt und nagt und erstickt nur
allmählich.
Gebete, einst helfend, dann selten erklungen,
Sind versunken.

Die Zwillinge,
Vom Kloben bewacht und gepeilt,
Spüren und schauen
Den Teich der Dunkelheit,

Wo wesen
Schwäne und Gefühle
Schwarz und bang.

Trift ohne Grat

Jenseit von Ja und Nein
Ist sie, die Wahrheit mein,
Jenseit von Mein und Dein
Ist Wahrheit doch allein.

Wahrheit ist nimmer im Ausdruck sprachlich
zu fassen,
Worte kalt, Worte heiß muß man ungemischt
lassen:
Gesprochen – schon entweiht,
Wortgedacht – schon entzweit.
Nie gesprochen – noch nicht gereiht,
Nie wortgedacht – noch nicht geseiht.

Doch als Protonnuß die Wahrheit,
Als Urkern gar, so weit, so weit.

Ist Wahrheit ein Nichts?
Inmitten des Lichts?
Ist Nichts etwa Wahrheit?

Im Finstern der Klarheit?

Halte ich etwas in der Hand,
Kann ich es werfen an die Wand:
Münze, Schuhlöffel, Schlafpille, Gummiball
Prallen ab mit lautem oder leisem Schall.

Habe ich nun das Nichts in der Hand,
Kann ich auch es werfen an die Wand?

Tönt da ebenso ein Schall?
Und dann grüner Widerhall?

Fern vom Augenschein

Bewegung –
Bald stoßweis, bald zuckend, bald eingleich –
Drängt Fluß und Blut, Wind und Wimpel,
Zahnschmerz und Börse,
Seelenröhricht und Boxermuskel, Alchimie
und Gelächter;
Bewegung –
Heiter sichtbar in der Lichtmühle
Glimmerrädchen,
Den unschuldig rundum rennenden, dennoch
reihum gefesselten,
Von biederem Ruß sinnvoll alltäglich
geschwärzt.

Fragt keiner da: kann Bewegung auch
lächeln?

Nicht immer zu sehen so leicht wie hier
luftleergrün und sonnenblau,
Schwieriger oft, und oft gar nicht

Zu schauen und zu bannen für Tagessinne
schulgeschulter Toren,
Für die Zwei und Zwei stets nur Vier, nie
etwa Drei oder Fünf.

Schwierig, schwierig, schwierig also für den
Augenschein.

So der Brombeeren Trieb zum Wachsen
– Bewegung,
So des Motors Antrieb zum Umlauf
– Bewegung.

Vielleicht hat Bewegung Selbstsicht,
Vielleicht schaut ein Stirnauge aus ihr
urzeitalt und schöpferkühl:

Ob fruchtweich oder metallhart –
Dennoch nimmer ein Unterschied, nimmer
und nimmer:
Zwischen
Brombeeren und Motor, Motor und
Brombeeren.

Seil zur Luftwurzel

Viele Ichs:
Sie quellen, sie scheinen, sie quallen,
Herrisch und nüchtern und maßlos und heiter
und bitter und knechtisch,
Und doch kein Ich, wesend rein,
wesend wahr –
Wie nur und nur Ich: als ein Echo Gottes.
Auch kein Bußmönch, kein Einsiedel,
Bewußt befreit vom Lügen und Trügen
Des SELBST,
Das sich schier blindsah
Im Spiegel der Täuschung,
Hart gefesselt und kalt geloggt vom Verstand,
Luftklar bewacht von dem Gaukler und
Gleisner, dem unsterblich Alten:
Dem Augenschein –
Echt prellend und unecht glitzernd.

Augenschein wird zauberlos zum
Außenschein,

Bald still, bald schrill,
Blickrasch hier, dort blickträge,
Zwar oft vielschimmernd, zwar oft heutig neu,
Und dennoch längst morsch, längst
verschlissen –
Warum?
So fragen wohl gelbe Mimosen, so fragen
wohl junge Gazellen,
Kaum aber so fragen Menschen, schaffend
oder müßig,
Die rüde und sanft, lächelnd und streng im
Alltag treiben dahin
Und nur blicken und sehen;
Grübler vielleicht – nicht lachend, aber
verlacht – denken solch ein Warum
Und werden nie Gäste.
Trotz unendlicher Heide, trotz wehferner
Weite erstickend vor Enge,
Bleibt Augenschein immer Außenschein,
Trotz prallem Glast auch firn und auch
erschlafft:
Weil alles Sichtbare bloß gewußt?
Ach, ahnten Mimosen – ach, ahnten

Gazellen,
Daß derlei
Sogar lasch vorgewußt,
Wird doch das Sichtbare nimmer geschaut:
Wie einst am Ersten Tag, aufgetaut aus der Schöpfung Dunkel,
An jenem Tag, der war ein Tag ohne Zorn und ohne List,
Da noch kein Speichel hinterrücks den Erdsand bespie,
Urweiland,
Als das Stirnauge allein glühte, allein noch ungeraint schaute.
Und so
Nie das flüchtig vom Blick Geprägte, aber lotend, aber lotsend
Schaute in sinnlich seelischem Gleichklang:
Angel wie Dolde, Schilf wie Blitz, Haut wie Kraft, Frauen wie Wünsche,
Kern und Kelch, Wasser und Herauch,
Mädchen und Küsse, Reh und Traum –
Alles endlos. Innigstark und wundertief und brunnenflach. Unpaar alles.

Als aber das Stirnauge, jäh entscheitelt,
schrumpfend hinuntersank
In die dämmernd wissende Gruft des Hirns,
Da blühte das Augenpaar auf, Jungfrau und
Jüngling,
Fleischewig voneinander verbannt,
Links – der Augen weiblicher Apfel; und
rechts – der Augen männlicher Apfel:
Kinder des Lichts; keines hielt Totenwacht.
Vergessen, vergessen die Stirnsonne,
Doch nun diese zwei Sterne nur: Zwillinge
– kristallisch und lebendig,
Flackernd im Leuchten, herb im Messen,
scharf und klipp erkennend
Nahfern und fernnah
Scheide, Rain, Furche:
Geburt des Augenscheins.

Drüben fiel das Gleichgewicht ins Nichts, Pole
und Hebel stürzten mit,
Und so ward: Unten wie Oben, Oben wie
Unten.
Sterbliche Störche stets stelzen im stillen

Meppen und staunen nie,
Daß Dschunken früher sie waren im Hafen von Hongkong
Und nun hier schwingend kreisen
Über altklug kreischende Turmhähne hinweg.
Vielleicht wird jemand, Tor unter Weisen,
den Diemen spießen auf einen Speil,
Vielleicht wird jemand, Weiser unter Toren,
auf sommerlichem Strom gar wunen –
Alles, alles nur Späße für Kobolde hinter falb unsichrer Nebelwand,
Friesisches Geflüster auch für Hünen des Leids bei spätem Abschiedstrunk
Mit noch warmen Schatten der Toten im düstren Nobiskrug.
Vielleicht fragt dann einer, jetzt Tor unter Toren, mit bläulichem Hohn:
Ist Sehen taub? Geruch lahm? Ist Sprache blind? Gefühl stumm?
Sieht keiner die Wurzeln hoch in der Luft am morgenden Abendhimmel?
Wer wirft, indisch fakirkühn, das Seil empor?
Wer entert die Luftwurzel

Oben in dicht leerem Nichts, dort so hoffärtig
ankernd?
Wer wirft das Seil – ?

Hüben manchmal noch ragen an verwittert
geknickten Gerippen
Mutunwillig zerstörter Häuser von einst
Die Traufen unsres Seelenbluts, rinnenkalt
und zuckergrau.
Traurig kichernd, auch närrisch ernst
Wir wiederum rainen und steinen.
Neu kellend und mörtelnd wohl, aber unjung
– gewesen wie vorher,
Nicht neu und jung von Wurzeldunkel bis
Gipfellicht,
Wie damals aus der Erde loh wachsend zum
Himmel
Der Gotik heftig spröde Macht.
Schulaltes und Unwildes und Gewohntes
Liegen bald dreist, bald stumpf an unsres
Lebens Landstraßen und Saumpfaden
Wie Raupenhülsen,
Denen Falter

Hier noch lautlos, noch zag entschlüpfen
Als Trauermäntel auf ihrer Seelenwanderung,
Und dort schon wie luftverwegene
Knabensegler flirr schaukelnd
Schweben über Berghalde und Dotterblume.

Doch bald sind die Falter samt unsrer Ahnen
Ahnungen
Leise geflogen fort und heim,
Halden nun nie schlafen, nie erquicken,
Plötzlich traumtriftig verebbend in Lolch und
Wüstengrieß,
Wo Herzen lieben scheu und wünschen grell,
Still angeweht von Einsamkeit, wider Trübnis
sich wehrend so bang,
Als stünde einer ohne Lederharnisch am Bug
veralteter Kogge –
Die von Bordgötzen scheel verlassen –
Zwischen Wogen und Winden
Mit Klabauterteufeln, Trollen und Nöcken
vergebens ringend,
Da schützt kein Wreifholz und kein Fender,
Nichts ist dem lauen Kämpfer fern,

nichts ihm nah,
Nur Dunst der Wirklichkeit, blindwütig und wesenblind,
Umwölkt ihn.

Dennoch
Muß im Umkreis unsrer Sicht: immer lebend, immer frei, immer sprossend –
Nahes und Fernes erst frisch geschaut werden,
So
Wie junger Tropfen urrein erlebt der Gräser keusches Grün
Am tauenden Morgen:
Wir dann, endlich dreiäugig, kristallen hell
Sehen und schauen.

Das aber heißt für dich, das aber heißt für mich,
Für mein Ich ohne Selbst:
Das ist ein und mein Echo Gottes,
Der ich bin nicht der gleiche und doch kein andrer –
Das aber heißt für mich:

Das Pferd nun erst suchen,
Auf dem ich schon reite –
Das Schiff horizontwärts sichten,
Auf dem ich längst schon fahre –
Den Düsenjäger peilen,
Worin ich selber schon sitze –
Das aber auch heißt:
Den Geist des Weltalls rufen,
Der zäh ruht im eignen Hirn.

Gemsen, Menschen, Zypergras

Neue Gäste –
Aus Blut und Fleisch, aus Horn und Bein, aus
Haut und Phosphor geschichtet –
Zur Johannisjunizeit an Fastnachtseuche so
seltsam erkrankt,
Im alten Warenhaus
Linkisch, doch gesund fernsehhörend
Des Motorrads irdisches Rattern auf heiß
geistesfrischer Rennbahn,
Die vor sich selbst gar davonrennen möchte,
Als sie der Leidenschaften Staub mit gekocht
Wasser kindselig abgewaschen,
Tief lügenschwanger auf Nachbars Lügen
lauernd
Jetzt flüchten will vor nahend Ungewitter, vor
des Donners göttlich Knattern,
Und doch schon ertrinkt in der Vernunft öd
trockenem Regen.

Ein entwurzelter Ulmenbaum

Lagert saftwirsch prall am Ufer enger
Landstraße, tut scheinbar nichts,
Aber er liegt nicht fehl, er liegt richtig wie
gerecht
Und strömt Kraft aus.

Einige Menschen –
Seelenfischer, Seelenhändler, Seelenbrüchige,
Alle nicht schlimm, aber auch nicht wert,
Eitel laut beschienen von unsres Verstands
filternd bresthaftem Licht,
Doch mißachtet und verstoßen vom
Stirnauge, dem immer noch wesenden –
Stehen nur quer im Wege,
Ruhelos jagend, der jungen Flinten endlich
beraubt:
Nur mit ihren Augen jagend
Meine Gemsen,
Die, schier traumesverwirrt für Jedermanns
Augengaukelschein,
Statt auf Felsen, auf Zypergras äsen.
Oh Zypergras, kaum aus Zypern:
gaumenkratzend, leberfeind, unverdaulich,

Oh Zypergras, sei den Gemsen drüben gut!

Die Menschen hier sehen hinüber zu den Tieren
Und sind, der Wünsche satt, lasch befriedigt,
Auch beruhigt, weil das Zypergras winkt so
schattengrün.

Jeder sich wundert magenwund,
Warum meine Gemsen so wider Brauch dort
äsen –
Übereck die so Äsenden wiederum zu den
Jägeraugen bockstill äugen herüber,
Während diese Menschen, zu unfromm
Nutzen bloß geboren,
Noch immer blicken schlaff und baff auf die
Tiere, starren und sehen,
Und keiner da plötzlich fragt:
Wie sehen wohl alle die Tiere uns Menschen?

Und niemand leise denkt, und niemand weise
denkt:
Wie erlebt uns nun das schattengrüne
Zypergras –?

Unbekanntes Kegeln

Steine –
Zäh und uralt, vordem noch so hochmütig,
Erst heute sie wurden grauangstgrün und
schüchtern,
Nahe den Birnbäumen und weit von
Birnbäumen,
Die nie flüstern, nie summen, nie staunen,
Fern von allem Steinmut, entkieselt und
heldlos, schier veratmend in Kleinmut:

Gilt doch nimmer unsrer Väterhirne Satz vom
Fall,
So daß auch der Stein –
Seit Schwerkraft, nur scheinbar ewig, längst
lasch verwittert –
So daß auch der Stein
Vor uns, den jetzt und schrill Seienden,
Seine Schwere verlor: seine Macht, sein
Scheinen.

Jedoch
Was ist ein Held ohne Schein? Kein Stein
scheint mehr heroisch.

Wir aber,
Im gleich eisern Mattenhaus, müde der Lüfte,
Fingerhüte und Gürtel,
Zerschnitten von langweiligen Scheren, gar
geklopft von spießigen Hämmern,
Zerstochen von Hornissen, weiblich und
küchenklug,
Deren Leib ähnlich manchen Vasen: kretisch,
schmalhüftig, lesbisch;
Wir aber,
Erleuchtet und verblendet,
Eisbeherzt in Feuerkälte,
Verwegen nur in Hordenhitze und
Herdenwut,
Wir aber,
Geizig wie Kropfsäcke
Und hochfahrend unduldsam wie Klausner,
Wir aber,
Würfelnd hin, würfelnd hoch, würfelnd her

Dreieck und Scheitel,
In ahnenden Stunden so süchtig nach der
Ahnen versunknem Stirnaugblick,
Mild und wild kegelnd auch mit neun
unbekannten Zirbelnüssen –

Wir aber,
Wir verloren unsres Hirns Libelle, unsre
Wasserwaage:
Unser Schweben wir verloren.

Verwirrend dies kaum, weder wundersam
noch widernatürlich:
Denn keiner kennt der Schöpfung inneres
Wissen.

Schöpfung nichts weiß
Von der Wesenwelt Märchen, den
Naturgesetzen, schulemsig nüchtern gelernt,
Gaukelnd, faßbar, zeitlich –
Die Menschen, zahlengraue Menschen
Gestern ersannen und morgen verwerfen;
Menschen, kühl verzaubert und triftig

gebannt
Von des Augenscheins aschig schlüssiger
Allmacht.
Dennoch –
Zahlengrau, plump, einleuchtend: wie jeder
Augenschein,
Den
Milchkannen, hohlklappernd rechnend, sonst
so vernunftklar beweisen.

Nichts ist nun wunderbar, nichts –

Sogar
Auch dann nicht,
Wenn des Birnbaums Blätter, genial
schattenlos,
Hoch im Wipfel und voller Galläpfel,
Dreist durchstoßen zahlgraue Wand
gewohnter Sinne Vernunft,
Wie entzahnter Tiger im Zirkusrund des
Reifens Papier springend durchaalt –

Selbst dann wäre Solches nimmer wunderbar,

Wenn
Des Birnbaums Blätter –
Winternächtlich besonnt und sommertäglich
bemondet –
Wenn des Birnbaums Blätter also

Sich sollten jäh und tief beugen nieder,
Um
Die Erdwurzeln seines Stamms streng zu
streicheln.

Frischer Sauerteig

Der Zweispalt, der Zwiespalt,
Nicht Streit, nur Grenzstrom zwischen Ja und
Nein, Gelb und Blau,
Erkennt Blume und Skelett, Suppe
angebrannt und Mädchenbrust keuschhold,
Zwiespalt, Vielspalt auch,
Zankt nie, sondert und scheidet bloß,
Zwiespalt ist des Geistes Brillenglas.

Überwältigt es außen und innen meiner
Augen kleine Macht,
So wird jäh offenbar,
Fern von nachtklar Unwahrem,
Statt Vielspalt – Vielfalt:
Vielfalt der Wesen, Vielfalt des Fühlens,
Vielfalt der Dinge,
Vielfalt der Wolken, Steine und Erden.

Spalten ist Scheiden und Unterscheiden:
Unterscheiden ist Hochmut und Leiden,

Unterscheiden ist Wissen, schmerzend und kühn,
Dem Fruchtwasser paradiesischen Nichtwissens
Frevelnd entsickert;
Leid kommt nimmer vom Nichtwissen, nur Wissen schafft Leiden.
Unterscheiden ist luziferische Leiter für Sinne und Denken,
Voll naßglatter Sprossen und oft voll Gefahr.

Im Ozean des Ichs: im Meer von Atomen und Zellen
Strömen Kenntnisse, fluten Erleuchtungen, wellen Versuche, wogen Beweise.
Ob ich nun weiß, ob ich nun nicht weiß,
Daß die Schüssel aus Eichenholz –
Darin ich mühsam zäh Sauerteig knete und walke –
Zur gleichen Uhr
Kaum sein kann mein Bauch aus Magerspeck:
Macht mich das glücklich?

Oder Mehl kein Salz und Salz kein Schnee:
Stimmt mich das fröhlich?
Derlei zu erwähnen, derlei zu sondern, derlei
zu wissen,
Fohlt bloß Übermut, oft auch Gleichmut,
doch niemals Glück.

Aber in Stunden zu Urhebeln schrumpfenden
Bewußtseins,
Alles Scheiden und Wägen still erwürgend,
In Stunden ohne Augenschein, in Stunden
ohne Tagessinn,
In des Stirnauges tauenden und schauenden
Nächten,
Können durch kalte Zauberkraft in lösender
Chemie, vereister Magie
Eins werden und eins sein:
Schüssel und Teig, Mehl und Schnee, Salz
und Bauch,
Auch Magerspeck und Eichenholz.

Zerschellt das Brillenglas, zerspellt der
Unterschied

Und zergeht tückisch gütiger Widersacher
Heimlich in Dunst der Zeiten und Stunden:
Des Stirnaugs verborgene Gewalt,
Uferfern und selbstherrlich träumend,
Erhellt dann so kirre Finsternis,
Gewoben aus des Alltags Licht und Klang.

Wie der Dotter im Eiweiß,
So Geist ruht in Geist,
Unterscheidet nimmer Vielfalt, doch weiß
immer Einfalt
Der Wesen, Dinge und Wolken.

Mondscheinsonate

Im verebbenden Monat August
Zur Vollmondstunde
Ohne künstliches Licht,
Als Abendglocken, Stahlsägen und
Autohörner blaß verklungen,
In des Hochhauses dreizehntem Stockwerk
Kniet
Vor schwarzem Flügel ohne Schemel
Ein kühnkalter Träumer,
Durchtobt von Musik, aber auch voller
Chemie und zäh zellenwach,
Die nackten Hände hochgereckt:
Und die Finger entsaugen den Tasten und
Saiten
Töne,
Die schwirren und sirren
Wie verirrte irre Libellen.

Am kahlen Fenster einsamt ein karger Topf
Mit drei Sonnenblumen,

So gelb und so grell, als hätte Vincent van
Gogh sie gezeugt –
Die jetzt ein lunarischer Strahl, lungensüchtig
und altklug,
Schal und fahl durchleuchtet.
Im sonst noch leeren Raum und Schattenlicht
Salzsäult aus zimmergrünem Erdkübel hoch
ein schmaler Gummibaum.

Töne und Spieler, Topfblumen und
Kübelgeäst –
Vordem harsche Ungläubige, spöttisch oft
zweifelnd an der Seele Sein,
Nun nächtlich vereint gegen rüde
Augenscheinrunde
Und bar jenes Verstands, der so nüchtern an
heißem Sonnentag friert –

Singen auf einmal als Schwäne
Und sehen, wie der Flügel schrumpft zum
Feuerherd,
Und schauen überm Herd, der nützlich und
hellrot glüht und glost,

Gläubig
Eine Schneeflocke,
Sonst so unnütz und jetzt so groß,
Schwebend und weiß,
Die
Trotz lohender Hitze
Wider alle Vernunft
Nimmer schmilzt.

Neues Gehör

Da steht jemand –
Gesund, mutig, jung –
Allein
Im reinen leeren runden Raum
Des redlichen, des mürrischen, des einsamen
Blinkfeuerturms.

Allein?
Nein!

Dieser Mensch ist nicht allein,
Besitzt er doch der Hände zwei,
Die
Jetzt frisch und laut klatschen ineinander:
Also
Schallen, tönen, widerhallen.

Hörst du den Ton
Der e i n e n Hand?

Die Pforte

Klatschen zwei Hände stark aufeinander, so
es schallt,
Bald als Lockruf, bald als Beifall dann es
widerhallt,
Wer aber da hört den Ton nur der EINEN
Hand,
Der entschwebt in ein anderes geistiges Land.

Er schaut das Urantlitz des feurig
Unerkannten,
Der ihn lautlos spiegelgrüßt als seinen
Verwandten,
Er nimmt plötzlich den erzalten Nilschlüssel
des wüstenklugen Schöpfers,
Der öffnet das verschollene Stirnauge des
unirdischen Töpfers,
Das blickkreist bis fern an der Zeiten Anfang
und Ende,
Was immer und immer nur ist einer
Menschheit Wende.

Wer da noch hört den Ton nun auch der
zweiten EINEN Hand,
Dessen Geist fühlt jäh vernunftfrei, ohne
Grenze und Rand,
Nie er will Mitte: er liebt nie, er haßt nie,
aber das mittlere Maß er verneint,
Maß nützender Zahl, der Oberfläche
Blasebalg, den jedweder als Geist vermeint,
Er steigt in die tiefste Höhe an des Himmels
Strand,
Er stürzt in das höchste Tief unter der Hölle
Brand,
Er weiß von der Gleichheit eines Weltalls mit
Hirn, Gott, Luft oder Spinnen,
Ein einzig Sein, webend Erde und
Schwanengesang wie grobes Linnen.

Hören den Ton immer einer Hand: ob in
Stube, ob im Saal, ob im Mongolenzelt –
Wurzel, Ursache, Hebel: so klein wie groß,
zum Verändern bloß augenscheinlicher Welt.

Wer so hört, der hat geistig erkannt –
Wer so hört, der ist seelisch ermannt.

Die stille Fuge

Vielleicht,
Apfelfernen Lebens Augenschein grellschnell zaubernd,
Ist der Weintraube paradiesisch wache und läuternd verjüngende Kraft
Hehlings
In den Herlingen
Herbstlich und herb –
Aber wer nascht gern Herlinge?

Vielleicht
Mundet vom Strauch aus Bengalen
Entschält und gemahlen, vom Frühling gepeitscht,
Der helle Samen besser.
Wer weiß das genau?
Niemand.
Denn wie keiner die Sonne schmeckt, schmeckt keiner
Trotz der Liebe prickelnd Tastsinn

Den Gaumen der andern.

So auch –
Entjocht, erlöst vom Pfeffer des Denkens,
Entjocht, erlöst vom Salz der Vernunft –
Die Sprache der Seele:
Ohne Wortekern, hautlos, ohne Pfauenbunt,
Die jenes rottisch untertänige, nie unbeherrscht kühne
Geschirr unseres Leibes
Nimmer versteht.

Ach, dieser Hausrat, nützlich und traut,
Im zag schwankenden Funkturm unsres Fleisches:
Diese biederen Töpfe, diese engen Gefäße, diese Küchenhilfen
Von Messern, Gabeln, Löffeln, so findig und doch so beschränkt,
Liegend im trächtigwarm ranzigen Spülblutwasser,
Schaukelnd und schwappend der Magen
Wie schlafende Barke

In des Bauchalls noch schlummerndem
Hurrikan,
Getrieben von des Herzens Dampfhammer –
Wer: stilles Kind von Halmen, lautes Kind
von Lenden,
Wer
Wundert sich da,
Daß unsres Leibes Geschirr
Nimmer versteht
Die Sprache der Seele.

Könnten Töpfe Götter sein?
Selbstherrlich im Ausatmen, selbstherrlich im
Einatmen
Zeugend und zerstörend?
Nein.
Dennoch sind Töpfe oft Köpfe –
Umnebelt von Dunst und Schwaden
Erlernter Vernunft.
In des Augenscheins schroff berückendem
Glanz
Heute voll, morgen leer:
Waagegezählt, doch immer und immer

seelisch gewichtlos,
Des Geistes algengrüne Suppenmilz hart
geschmort oder weich gebrüht,
Ungotthaft menschlich –
Töpfe, Köpfe:
Gestürzt in die hoffärtig hohle Tiefe
Der Verliese
Am kimmerischen Gestade verkrustet
starrenden Landes,
Sehnsuchtsvoll und trauriggrau
Mit dem spitzen Eisberg VERSTAND,
Hochgetürmt aus der Menschen gefrorenen
Tränen,
Harsch bewacht von herzdürrer Hüterin mit
taubem Schoß:
Der keusch feilen und unkeusch strengen
Dirne Logik,
Zu nachtrein tagestrüber Stunde klangspröde
so genannt,
Abgefeimt zirkelnd
Und nie über Horizonte hinaus blauweit
schweifend.

Manchmal –
Weinendes Gottesglück oben
Ob der Menschdämmerung in
Menschenfinsternis –
Manchmal
Fühlt einer, gläubiger und kraftmilder
Johannes,
Unten
Umschwirrt von glühenden Käfern
Fernen und herzauftauenden Evangelisten,
Am neugierig gerammten Klüverbaum
Entflohen den geilen Bramsegeln der
verschwommen klaren
Mittsommernacht,
Fühlt, erwühlt, spürt
Einsam im sprühenden Abendwind, einsam
im sprühenden Morgenwind,
Einsam im sprühenden Mondsonnenwind
Die Fuge,
Erzaltjung, oft so weh verweht, oft so froh
vergessen:

Spricht die Seele –
Schweigt der Leib.

Ohne Zunge

Das ungesummte Summen
Nun schlummernder Hummeln
Umwohnt
Den Tonnentrog, den großen –
So unholden Trog aus Hollerholz, voll mit
Honig des Hohns,
Den Hornissen, schnobend entflohn, lose
genommen vom Hornmohn, dem frommen.

Wie lullt nun uns Schlafsüchtige ein das ruhig
vernunftgute U –
Und wie betäubt uns doch das so loh
täuschende O.

Zur lotsend mondgesichelten Stunde
Möchte dieser Trog –
Oh, betrogener Trog, der oft so logisch log
und so foppend ohrenklangfroh –
Dem Augenschein dreist und dicht hörig,
Nie mit dem Stirnauge je verwandt,

Möchte also der Trog
Dennoch forschen –
Und will gar wissen,
Daß Menschen, auch wenn keine Zunge
sie haben:
Lügen.

Karge Ziffernsumme

Horche ich nachts zum Fenster hinaus,
Was höre ich schon?

Den kalten Düsenton klug schweifender Vögel
aus Metall,
Neu und leicht;
Nicht aber das Atmen frischer Samenerde,
Gut und leise;
Auch nicht des Blutes nahen Sang,
Bald hell, bald dumpf,
Wie es in Mären, so alt, ward gesagt und
gesummt.

Die Vorverwesten in mir: Menschen, Tiere,
Bäume, Kristalle,
Sprachen einst,
Doch sprechen nun nicht –
Und das ist schier wie Leben ohne Schlagen
des Herzens,
Wie eines Fußballs, des Ruhelosen,

Lederhülle ohne Gummiblase.

Warum sprechen sie nimmer?
Sie sprechen, sie sprechen noch,
Doch ich höre sie nicht,
Weil des Augenscheins Gedröhn die Stille –
Weit, satt und reif –
Blindlings zersaugt.

Mein Ich lebt,
Wenn das Gewesene – Mensch, Tier, Baum,
Kristall – in mir
Spricht, wühlt, wurzelt, glitzert
Weiter.

Des Leibes Vorzeiten und Gegenwart, dort
verschattet, klar hier,
Strahlen jetzt wider
Meiner Ahnen Ängste und Fröhlichkeit,
Oft kainbesessen,
Doch öfter gierend nach heiterem Obst.

Neben dem Zucker des Leichtsinns

Sickern, ätzen, knistern im Blut ferne und
tolle Gewürze,
Geschleust durch Adern viel,
Die gleichen den Tunnelschlangen, den
langen, dunklen und bangen,
Einer Untergrundbahn,
Auf deren spät glatten Gleisen
Weder Spinnen kosen noch Trauben locken,
Abseits weder Schwellen murren noch Kiesel
greinen.

Höchsten Seins Dasein:
Niemand mehr fragt, niemand mehr
antwortet:
Da Irrsinn der Frage nur Sinnirre der
Antwort.

Will ich – des Denkgefängnisses Hirnzellen
endlich entflohen –
Mein Wasser keltern,
Was schöpfe ich schon?

Salz.

Raketen

Wir, wir Rekruten im Leichtsinn, wir waren
Manchmal
Wie kühnsanfte Raketen der Freude,
Die frei von innerem Harm,
Bogig und hold emporzischen in die sausend
krause Nacht ohne Fahrnis,
Dann
In verspäteter, aber naher Ferne
Wildmild niedersprühen als aschende Hülsen
Auf Roggenwogen
Künftiger und fröhlicher Brote.

Da unser Stirnauge widerglücklich schlief,
Einsam wir ersannen
Die Raketen des Todes,
Die chemisch anmaßend und geometrisch
höhnend
Im Bersten
Zereggen der Erde Fleisch und des Lebens
Herzen –

Weil seelegelähmt wir vergaßen,
Unsern Leib umzugraben
Und auf unserm Ackerhirn frisch zu säen.
Wir auch immer noch aßen
Kräuterfeindlich und kräuterlos
Von eintönig singender Nahrung, Gift für
Sinne und Sinn:
Viel Teufel inmitten Butter und nur wenig
Reue im Salz
Auf den Schwarzschrotschnitten
Unsrer müdegedachten Vernunft.

Und so wurden
Zu mondbang gottesleerer Stunde
Aus Raketenherden der Freude
Jäh Raketenhorden des Mordens,
Die aus Luzifers klug technischem Schlund
Kriegerisch sprießen und stürzen und
schießen
In Höhen und Tiefen, auf keusche Triften
und unkeusche Häuser,
Auch auf gütige Beete der Sünder, auch auf
heitere Gärten der Kinder

Bunt friedeträumenden Seins:
Kreisweitum alles zernichtend.
Da gibt es nimmer Gräser und Lämmer,
nimmer Windhunde und Zitronen,
Nimmer Fußball, trunken und trocken;
nimmer Schaukelgaul, übermütig und
gehemmt,
Da lockt nimmer Vogelharfe oder
Weibeslächeln –
Und nimmer segelt liebesblauer Luftballon
Als Lotterhorn
So herrlich unnütz, so kindlich naseweis
Durch sommerweißes Wolkengesträuch
Und frühlinglichtes Wolkengeflüster.

Weise Grimasse

Einöde der Wut,
Jäh hoch gewogt und jäh flach zerronnen,
Quillt in Mehröde des Hohns –
Dazwischen zwittert
Die Milde, siech und müd,
Wie vertrocknet Gras über gelaugter Erde
Auf greiser und blaublinder Gedankenwiese,
Jugendlüstern träumend
Von Glockenblumen, groß und rot.

Das Ei

Auf einem Werder,
Umtost von Gewässer, umsanftet von Licht,
Saß ich,
Kein Fisch mit Lungensucht, kein Vogel mit
Kiemenseuche,
Kein Bällchenspieler, tennisleicht mit feigen
Boxhandschuhen,
Nicht nackt, nicht frierend, nicht trunken,
Auch kein Trunkenbold der Vernunft,
Aber sinnvoll berauscht von sattem
Beerenwein aus schwarzer Johannis,
Fröhlich gekeltertem Sonnenmost, labend das
schon welkende Herz;
Keiner von den Rührsamen, die in matter
Pfingstnacht Sterne zerschluchzen,
Bisweilen aber ein Wolkenjäger, fern von
Schornsteinen und Schildkröten,
Einer, dessen Rückgrat gekrümmt als
Regenbogen am Sonntag –
Dort also auf dem Werder, märkisch bewegt

und wendisch betäubt,
Saß ich –
Ein Mörder:
Der Mörder einer Glockenblume,
Die mich so laut wie still reizte, weil sie blau
war, schimmernd blau –
Ich jedoch wollte Glockenblumen rot schauen,
mattstumpf rot.

Was bin ich noch?
Kein lauschender Wiesenknecht hinter
ängstlicher Staude,
Sonst der Tannhäher Freund, der
Nußknacker Tischgenosse, der Bienenwölfe
Gefährte,
Auch der Blutwallungen Spielzeug und der
Sorgen Kaugummi,
Kein tief gefallener Engel, kein hoch
geworfener Teufel,
Geregnet, gekrochen aus Himmeln und
Höllen,
Kein Engerling, aber ein Gärtner:
Und als Gärtner ein Sünder,

Immer messend und oft vermessen –
Sogar ein Todsünder,
Weil ich, versuchend den Schöpfer und
betrügend die Menschen,
Verwegen zog widernatürlich Obst ohne
Kern:
Und so unbewußt schuf Augenschein;
Augenschein, dem fehlte Kern der Seele.
Das tat, das verbrach ich,
Ich, bisher doch des Augenscheins
sprunghafter Kenner und inniger Feind!
Steinloses Obst,
Unter der Schale bloß eunuchisch
Fruchtfleisch ohne den Fruchtkern –
Das aber ist, als ginge ein Weib schwanger
ohne Leibesfrucht,
Fruchtkern – Kindkern: Quersprossen auf
der Geschlechterreihen ewigen Leiter,
Nun verleugnet, zerbrochen, verstümmelt
Von gütig emsigem Versucher, von zärtlich
frevelndem Gärtner.

Ich sprang hoch,

Gelockerten Lör fester schnürend,
Lief hin, lief her auf dem Werder
Im Grasmörtel, in Blumenasche, im
Steinmehl –
Und schaute auf meinen schrägen Schatten,
Frisch verwundert,
Daß er nie und nie aufwirbeln wollte Staub.

Was ist das für ein Schatten, den schon
windig wendiger Staub darf mißachten?
Und so gab ich –
Jetzt ein vereinsamter Brotwart –
Mir selbst die Hand
Und hielt sie fest und ließ sie nicht.
Gibt aber einer sich selbst die Hand, dann ist
geschlossen der Außenring,
Dann durchjäht ihn kolkrabenklug des
Stirnauges Weisheit,
Hirn und Blut durchglühend:
Kein Rain
In unserem reichen Sein und armen Leben
Trennt voneinander und scheidet Seele, Leib,
Geist.

So stand ich an der Werderdüne –
Ein Seiltänzer auf Worten, ein Tanzspieler in Wurf und Fang mit Wörtern,
Behend und schwer und schwebend im gleichen Atem.
Ich sturmsegle in die Zukunft:
Und da stürze und da tauche ich in die Vergangenheit.
Ich sturmsegle in die Vergangenheit:
Und da stürze und da tauche ich in die Zukunft –
Doch nimmer ich tauche und nimmer ich stürze und nimmer ich segle
In die Gegenwart,
Die weder war noch ist noch sein wird.
Nicht einmal denken kann sie ein Mensch;
Denn, vermeint von uns einer, er halte die Osterschnarre jetzt in seiner Hand,
So ist das Jetzt, eben noch kaum gedacht – schon sacht gewesen.

Muß ich nicht mein Auge –
Wie der löwenmähnige Sagenvogel,

Der hoch in den Lüften plötzlich ward müde
des Spähens nach Beute –
„Nach einwärts wenden, um den, der sucht,
zu finden“?
Muß ich nicht mich selbst umkreisen, mein
Ich jagen, mich als Wildbret reißen?
Und ich, kein Eibenschütze, suche und schaue
nach dem Vogel –
Und da bin ich selbst der Gesuchte, der
Vogel:
Oh seltsames Augenspiel in seltsamer
Wirklichkeit auf seltsamem Werder.

Mich hungerte auf diesem Werder,
Da griff ich nach einem Ei –
Birnig rund ist es, hat keinen Anfang, hat
kein Ende,
So endlich unbegrenzt und so begrenzt
unendlich,
Ein Spiegelwiderbild unendlichen Alls
nußhaft, eihaft leiblich in meiner Hand:
Einuß, Allnuß –
Ich hungernder Mörder einer Glockenblume,

Ihr Blau heftig vordem verneinend,
Ich armselig geschlagener Scheinschöpfer
einer roten Glockenblume, rot und tot,
Trotz allem auf einmal so bläulich verklärt,
Ich hielt das Ei in der Hand und hatte doch
nimmer das Ei –
Denn ich wußte nun nicht:
Wo sollte mutig ich brechen die Schale –?

Antworten

Wer und wo war ich, bevor Adam ward
geschaffen?
Wer war ich,
Ehe ein Selbst meiner Vorverwesten in mir
Auf der Stirn kristallen noch trug ein
Schädelauge?

War ich immer ein Mensch, so wie heute,
Der auf Ströme tritt, in Wolken schwimmt,
durch Erdgeflüster geht,
Beherrscht von der Teekannen und der Seife
und der Heilkünste Macht,
Auch von der Hehler, der Heckenreiter, der
Schächer Willkür und Gewalt,
Ein Wesen,
Furchtlos, aber fliehend vor der Angst,
Dessen Augen waagrecht
Und dessen Nase senkrecht?

Oder war ich im ungestüm seihenden

Schöpfungsbrodel
Beim Auf und Ab wagender, wilder,
wägender Versuche
Vielleicht auch jener Mensch,
Dessen Augenpaar senkrecht
Und dessen Nase waagrecht
Lagen in des Antlitzes noch ungegorener
Landschaft?

Wo kauerte und erschauerte ich so unwissend
und so angstfrei im Sande,
Als Körner und Samen noch nichts taten?
Wo wusch ich mir ab den ersten Staub der
Vernunft?
Und wo reinigte ich mich vom ersten Schmutz
der Mühsale?
War es an den hungrigen Gestaden des
Verstands?
War es am heischenden Meer? War es am
fragenden Fluß? War es am sagenden Bach?
Wo suche ich das Wasser des Anfangs?
Wie rufe und finde ich heim zur Quelle?

Entenpfuhl

Dort drüben
In hell stillem Windsturm, in zerfetzt salzigem Licht
Weithin einsamer Normandie,
Des altjungen Gestades: widerspenstig, seerot und oft so träumeklar,
Wo mein Ich-Strunk schon einmal kühnte, litt, murrte
Vor abervielhundert Wintern –
Dort drüben sah ich, versiegelt den Mund, der ist das Tor alles Leidens,
Worte allein buchen kaum und heilen nie der Seele innere Qual,
Worte rauschen wohl von unserem Gefängnis RAUM, von unserer Zelle ZEIT,
Kranke Luftballons der Vernunft, von uns selbst unwirklich bloß erdichtet,
Worte raunen noch von den zerbrochenen Spiegeln RAUM wie ZEIT,
Blendwerk und Hirnschaum, klebrig und

zerwacht –
Dort drüben sah ich an strandnahen
Fischerdorfes störrischer Abendseite
Den Entenpfuhl:
Und erkannte ihn wieder.

Noch immer flatterten und schnalzten
die Wolken,
Die über Pfuhl und Enten fronhart herrisch
zogen hinweg,
Wie einst vor neunhundert Jahren,
Im unsteten Auf und Ab, im Gefälle üppig
wogender Geschlechterreihen,
Heiter oder grimmig, sinnetrunken gestern,
sinnetrunken morgen,
Weihergründunkel und faunfeindlich bewacht
von des Entenpfuhls äugenden Stunden –
Entenpfuhl, Erpelpfuhl,
Der heidnisch gebetefern
Gedanken und Häuser, Taten und Sünden,
Waffen und Ängste
Überlebt.

Da stand ich jetzt,
Innig entkümmert, doch wehvoll entflohen
bitterer Weltstadt Märchenstraßen,
Bebend vor Glut, schwitzend vor Frost,
In diesen Gezeiten zwischen Meutemenschen
und Gespensterschlachten,
Zwischen stählernen Tannen, die zapfenspitz,
meeressüchtig, bleifarbig blühen,
Und hielt den sechskarätigen Topf,
Meiner Zimmerlinde, irden und blattreich,
In den verhärmten und unklugen Händen,
mit ringlosen behutsamen Fingern,
Lind wissend,
Daß ich vormals schon hier säulte
Ohne Topf in armer Hand.

Nun wunderte ich mich,
Damals und heute,
Im Sonnengeflimmer über die
Schattenschwingen
Jenes über Pfuhl und Geheimnis freßgierig
kreisenden Vogels:
Pfeilrasch, regenpfeifend, emsig,

Fast lustig im Flug,
Doch mit mürbem Ernst einer sauber und
blutarm bäurischen Greisin –
Lachmöwe,
Die nie lacht.

Der Erkenntnis schweigende Hütte

Als Kind hat man mir spröd gesagt,
Ich sei ein Mensch – oh, wie gewagt!
Und dann habe ich gelernt, dann habe ich
gewollt,
Ein Mensch zu werden, und darüber oft so
gegrollt,
Weil Mensch sein, heißt fühlen
Wie Korn in Mehlmühlen:
Trüb wähnend, daß ich alles dessen nun sei
gerade beraubt,
Was ich nicht habe, was ich nicht bin – und
derlei ward hart geglaubt.

Gehöre ich, ein Knecht des Worts, zu den
salzig hochmütigen Satten,
Weh sitzend auf Nägeln des Traums über
spöttisch demütigen Matten?
Will ich, ein Knecht der Vernunft, schauen
nicht mehr verschattet das innere Leben,
Muß ich, der Logik Worthülsen tötend,

das Urnackte aus Hirnhölle heben,
Ist Blau auch Blau?
Nicht etwa Grau?
Ich habe Blau erlernt, doch Blau nicht erlebt,
Alles ist vorgesagt, wird nie neu erwebt,
Immer blickrasch nur Augenschein,
Ohne seelisch grundtiefes Sein.
Wurzel beginnenden Leidens und
beginnenden Scheins: zweckbewußt nüchtern
die Schule,
Uns drillend zum Nachsagen von Einmaleins
als Vorurteil auf abrollender Spule,
Blau sieht unser Auge altfränkische
Heidelbeere seit Sintflut,
Vielleicht ist in Wahrheit diese Beere
verwegen gelb vor Lindglut,
Gramselig und fahldüster erscheint kranken
greisen Leuten der Winter,
Vielleicht ist er ein heitrer Sommer für
fröhliche Schneebesenbinder,
Schwirrend fliegt der Pfeil dahin: so meinten
hellenische Jäger, auch heutige Trimmer,
Doch er ruht: denn in jedem Augenblick

seiner Bahn an jedem Punkt er ruhet immer,
Schule sagt: auf unserer Sonne könnte nichts
leben denn Flammen und Gas,
Vielleicht aber dort wesen Geschöpfe des
Feuers und auch des Feuers Gras,
Der Geist gleicht einem angehauchten
Spiegel,
Der Atem verschwebt, ihn klammert kein
Riegel.

Ich rufe und rufe nach zirbelnah versunknem
Stirnauge,
Daß es mich rette aus des Verstands
seeleätzender Lauge.

Redlich Schiffbrüchiger, heiser bölkend am
heftigen Hasserrand,
Zwerchfell voll ungelachter Gelächter im
sprossenden Prasserland,
Redlich wie brüchig: dasselbe Strandgut böig
verödeter Seele,
Wider Amen mit Ameisen scheel zankend
trotz verpfefferter Kehle,

Ein Künder, gebremst durch der Vernunft
eisig glitzernde Macht,
Kein Künder, haschend nach Leuchtbojen in
zwiespältiger Nacht.
Vom Quellmeer rauh vertrieben ins Flachland
Vernunft, schmutzig und froh,
Wehmut, Ferien, Märzwind im Kahltal
Verstand, trutzig und loh.

Ich kenne wohl meine Nachbarn: Tiere und
Männer und Frauen und Kinder,
Auch meine Frauen, auch meine Kinder –
doch mein Selbst, das kenne ich minder,
Ach, mein Selbst: dieses Haus in dunklem
Licht, von dem so wenig ich weiß,
Untiefen entstiegen und stürzend in Tiefen,
weder kalt noch heiß.

Das magische Es

Das Stirnauge:
– Innensatt, unpaar, hagestolz –
Des Schöpfers einst erloschener Versuch
Am Sichtgerüst des Menschen.

Das Stirnauge –
Unter harscher Schädelwand nun grottenhaft
verborgen
In des Hirnackers regem Zellensand –
Schläft dunkel und schwer,
Gedaunt in Traumasche und Träumerest
Aus unsrer Altvordern noch unverwesten
Tagen,
Die
So glücklich vernunftkahl und so selig
verstandfern:
Weise ohne Wissen, entgischtet vom Meinen,
blau ohne Farbton,
Kein Werksinn, keine Winkelsumme, kein
Denkblech;

Nur
Kimmerisches Strahlen, hell und sichtig und seltsam,
Entfiltert kimmerischem Schatten und kimmerischer Finsternis,
Fröhlich in Strenge und Ernst,
Frisch und hart in Heiterkeit.
Stirnauge, jetzt zurückgeboren zur Zirbel:
Gewesene Urkamera –
Nun birnenförmig geschrumpft und rätselhaft wesend
Am Hirnbottich abervieler Ichs,
Reihenrückwärts bis zu Sintvätern und Sintmüttern,
Treibend bald, bald hemmend
In meinem Ich, in dieser Ich-Traube gar.
Zirbel:
Ankernd urkleine Arche in uns;
Entlichteter Scheinwerfer
Längst verwehter Schatten, längst versprühter Farben;
Erblindeter Widerspiegel
Versunkener Gelächter, entschwundener

Leiden, verklungener Gesänge;
Winziger Schrein von Geschlechterbäumen
Der Seele, sinnvoll zerschichtet und sinnlos einsilbig,
Mit vergessenen Süchten und Taten und Bildern;
Wunschlose Windrose
Zwischen Horizonten, Erde, Wolken,
Als Voradams Ahnungen noch Berge und Zukunft und Grate waren –
Mondlos, seelengrün, Todlos.

Das Stirnauge:
Es schaut aus unseres Hirns fleischewigem Weltall
Als Gottes erste und letzte Linse.

ATONALE WARNUNGSTAFELN

Gedichte
1955 – 1960

Gottes wunderliche Beicht samt letzter Menschen Choral

Ich, der alte nahe Gott und junge ferne
Schöpfer,
Gestern
Noch hart gelästert, fromm geliebt, scheu
verleugnet, satt gehaßt,
Wie in einem Kinderstall sonst umzäunt von
greiser Bibel Lattenlettern,
Ich zürne
Dem Menschen,
Den ich – suchend hin, suchend her zähe
formend –
Aus Wurzelstoffen, krausen und klaren,
sichtigen und unsichtbaren,
Aus des Wassers und der Luft und des Landes
Getier,
Auch aus Pflanze und Kristall, aus
Kometenstaub und Hirnrindenwahn
Zum Menschen leibhaft erschuf.

Ich zürne nun Adam, aber zittere auch
Vor diesem meinem guten und trunkenen,
bösen und träumenden Sproß,
Der
Von Jahrtausend zu Jahrtausend, vom
Herbstfrühling zum Wintersommer
Verwegen gedeiht durch Frevel:
So lernte ich einsam Karger, längst umkühlt
vom Abendwind,
In meinem liebsten Geschöpf meinen Irrtum
erkennen,
Sowie einem holden Halme
In des Mittags lächelndem Glast
Plötzlich blinken als strenge Helme
Im lächerlichen Glanz verrucht öder Recken.

Ich denke und spüre und mische und zeuge:
In mir regnet der Ohnmacht Milde,
In mir hagelt der Tollwut Schweigen,
In mir schmerzt des Steines weiche Wehmut,
In mir dolcht des Herzens spitze Härte,
In mir kocht des Fisches heiße Blutglut,
Mich durcheist des Löwen harscher

Adernfrost,
Mich jagt der Blume hüpfend Hast,
Mich lähmt des Vogels seßhafte Schwere.

So harft im Ewigen, mit Harm ohne Trost,
seltsam nagende Litanei,
Und eine Stille aus ihm da schrillend schreit:

Ehe denn das Atom ward,
Bin ICH –
Doch jetzt in Angst verzagend: schon ruhelos
Und nun in Furcht erstarrt: fast leblos.

Magere Stimmen über verweste Kontinente
und gewesene Ozeane hinweg:
Wo gellen noch der Zeitungen Tagesfabeln?
Wo locken der Frauen Filmbildbusen?
Wo dröhnen der Staatsmänner
Drohworthülsen? Wo tschilpt der Lerchen
Tirili?
Wo blüht die zärtlich reine Scham heimlich
erster Liebe?
Wo läuten die gelben Glockenblumen? Wo

wogt denn noch das blaue Gras?
Zerbrannt. Zerkohlt. Zerascht.

Da dringt über Lohen
Ein CHORAL der Geretteten, nackt und
fiebernd vor Himalajas Schneeruinen,
Zum Himmel funkend empor aus metallen
trauriger Arche,
Entronnen gierhaft grausigem Qualmpilz,
entronnen widrig neuem Sintgewölk.
Fremd ist dem fernen Schöpfer solch Weis
und Ton,
Meint da vergangen reimend ein
Stundensohn.
Und so hallt es wider über Lavahoch und
Lavatief, Lavameer und Lavafluß,
Lava, Lava, Lava –
Darunter Erde und Korn, Geist und Gewissen
einst waren:

WER VIEL ZEUGET
WIRD DANN TAUB –
LICHT VERGEUDET:

TOTES LAUB.
KEIN HERZ MEHR KLINGT;
VERGEBLICH SINGT
EIN KINDESKIND
IM MUTTERSPIND.

Klarheit zwischen Gemäuer

Ich höre das Wasser fallen, so hausbacken unfrei,
Aus der gekachelten Wanne silbernem Mund –
Zu der Sekunde gleichem Ruck ins gleiche Ohr
Schwemmt Musikgeräusch, so gleisnerisch lockend,
Aus der Funktruhe nahem Drahtgehöft.

Dies Wasser hier tropft fern von Wald, Acker, Hang,
Durch Metall gelenkt und entweiht;
Es weiß nichts mehr vom Bach,
Dessen Wasser – der Erde Schweiß: nimmer klug, aber weise, immer frei, aber spröde –
Nie nur tropfend fließt dahin.

Doch die Musik dort aus der Truhe Metallfädenpark

Überschwemmt des Gehörs Lagunen –
Reine Tönen schwemmen nicht:

Einsam sie segeln
Zum einsamen Bach.

Spröde Weise von den Dingen

Hier steht der Tisch: so klar, so hell, so karg,
Darüber tütensteif sich neigt die Lampe: so
schräg, so gelb, so schlank.
Beide nimmer bloß Möbel oder Gerät, nie
leblos und starr,
Wie noch wähnen vernünftige Toren von
gestern;
Denn alles west auf der Welt, nicht nur
kreislaufend Blut allein.
Auch Stein, auch Stahl, auch Ding,
Auch gesägt Holz, das dörrt weitab vom
Mutterstamm.
Blut bringt viel Leid, viel Trug, viel Lust –
Nur Dinge leben und irren nie,
Weil nimmer sie tieren und menschen.

Nie löcken, nie äsen, nie zaudern wie müde
Rosse ohne Zaum,
Kanten, Rundung, Spitzen: der scheinbar nur
so leblosen Dinge Flaum.

Ein Spänchen Holz, ein Splitter Stein –
Des großen Weltalls Widerschein nußhaft
klein in der Atome Spiegelpol:
Planetenbahn von Elektronen um den Kern
Von Spliß und Faser,
Tausendmal und mehr winzig Weltenräume
Unschüchtern und genau
Sausend und kreisend in einem Zehntel
Gramm
Von Splitter und Span.

Liebe aus dem Herzen grünt – kein Schaum
In des strengen Hirnes holdem Traum.

All das nie spüren die Dinge, immer
frühlingslos und daher herzlos,
Doch prall von frischer Geometrie.
Sowie hier sie sind: Lampe und Tisch,
Zugleich auch sie sind in uns, in mir und
in dir.
Weil innig widertönt ihr Klang in unserm
Klingen,
Sehnen wir ihrer Töne Ton

Und hören ihrer Farben Farb.
Die immer so gesegnet, die brauchen nimmer Funk,
Der sieht so fern und schreit so nah;
Geister von gestern hochschweben, schweben, verschweben,
Geist von heute erhellt, drängt, durchdringt
Und friert.
Aufgeklärte Vernunft von gestern –
So billig, so singsanglyrisch, so leer.
Doch Tütenlampe und Nierentisch von heute –
So köstlich, so widerlyrisch, so kräftig:

Zwei Stücke wacher Ehe im guten Raum,
Viel Stahl, auch ölig Papier, viel kirschen Baum.

Was immer seint in unsrer Welt,
Stets auch seint im Wider;
Denn Pol samt Widerpol rundet erst und bindet ganz.

Tisch – nie allein: wo ist sein Widerpol?
Gegensinn erst formt den Tisch zum Tisch,
Und der Lampe Gegensinn erst vollends
zeuget
Die Lampe zur Lampe.

An der Welt letztem Saum
Schläft da das Licht? Wohl kaum.

Wer nun sieht den Ton und wer auch hört die
Farb,
Der – nur der dann glücklich west und wahr.
Ob Gott, ob Staubeskorn, ob Maus
Wohl Tisch und Lampe hier sehen, laut und
leis?
Lampe und Tisch hören, mild und gell?
Umriß und Klangton fühlen, hart und weich?
Ob sie harren und lauschen und schauen
Auch wie wir – ?
Wie sollten Gott, der Große Arbeitslose, in
seinem Müßiggang,
Wie gar die Maus, die kleine Arglose, in
ihrem Emsigsein,

Wie erst das Staubkorn, uralt, auf lächelnder Luftschaukel
Sich kümmern um so verrucht Fremdes, wie Lampe und Tisch?
Sorgen wir uns um Weihrauch? Hüten wir das Staubkorn? Schenken wir der Maus Speck?
Ach, weder Maus noch Staubeskorn noch Gott
Sehen und hören Lampe und Tisch.
Nur wir, wir nur –
Weil wir suchen und fliehen,
Und denken und fragen,
Und tieren und menschen.

Die Erde ein Keimen vom Traum,
Der silbert und dunkelt im Raum?

War es nicht, *ist* es nicht
Unweit vom Möwenwattenmeer –
Wo hinterrücks kobalten kühner Pilz wolkte riesig und einsam frevelnd empor,
Irdisch All grell zerschattend,

Um dreizehn nach Zwölf die Glock des
Nachts?
Als draußen kalte Laternen an letzter Barke
Bord schwankend brannten,
Und dazu Klabautermann und Golem bald
freche, bald fromme Lieder
Zweistimmig verschrillend sangen.

Wenn

Lebte heute noch
Der aus Nazareth,
Wäre ER verwundert
Und auch hilflos
Über die vielen Häuser
Ihm zu Ehren
Gezeichnet mit „K“:
Kathedralen, Kirchen, Kapellen.
Ach – und die Massen
von Priestern,
die über diese Sünde des Jahrhunderts
Schweigen, schweigen, schweigen.
Riefe da nicht seine Stimme:
Schreit doch, Ihr Kanzelherren, schreit,
daß unsere Erd
Den Loki vom Potomac endlich ächte.

Festen Boden hat nur Wasser

Zwischen vergrüntem Laub
Links vom Weg
Und gesegnetem Staub
Rechts vom Weg:

Glitzert

Keusch verwegen
Neugierig großes Auge
Des kleinen und so jungen Seehunds,
Der keinen Frühling noch verdaut,
Nun am Bottich tierselig ruht
Im rumpelnd roten Karren

Den jäh verirrter Matrose –

Dessen Staunen längst verdorrt,
Dessen Speichel tabaken Lauge,
Dessen Herz ein träumend Segel,
Dessen Frauen immer treu, immer bei ihm

Streng und blau geritzt in sturmgegerbter
Haut –
Schiffloser Matrose,
Der da
Nüchtern jetzt, sonst trunken,
Doch einsam denkend
Auf schwankend wiegender, auf schwankend
wippender
Straße
Aus Erde, aus Stein, aus Lehm,
Hier neben edlem Autoglanz, schmiegsam
sausend
Und dort neben rohen Lastwagen, wuchtig
ratternd;
Getrieben von Motoren,
Die entsalzter Wind gekühlt,
Mürber Matrose
Mit jungem Seehund
Gleich atmend hin, gleich atmend her,
Morscher Matrose,
Gestern vom Ozean zum Land verdammt,
Heute
So seegrün, so meeresmatt, so stumm

Zu Gottes nächstem Jahrmarkt
Zieht.

Der Fund

Allein
Auf dem Ruinenstein
An der Häuserflut schnödem Rand.
Vielwissende Nacht ohne Weisheit –
Irgendwo ein biblischer Stern
Fern?

Mein Herz oft noch atmet im sägenden Takt
Längst verklungener Warnsirenen,
Ehemals,
Da hochmütiger Spiegel erlesenes Glas
Jählings so feil und so grindig blinkte.
Wo sich jene Störche, weiß und wunderbar,
Deren schief gereckte Hälse
Vasen von heute schier glichen?
Wo sind, umweht von zänkischem Wind, jene heiteren Birken,
Hell aufzuckend
In kaum erst flüggen Knabenaugen?
Wo sind die frech staunenden Fußbälle

Bald schußschroff, bald schußschlapp
Zwischen fröhlichem Himmel und grasiger
Erde?

Gewesen, gewesen – zeitenweit
Unter der irdischen Ewigkeit.

Keine Möwen, kein Grün, keine Segel –
Bloß voll Frevelqualm pralle Schatten, auch
fressende Blitze
Der so stolz neuen und kühn strengen
Atomeskraft,
Die zischend mischend grausam durchkernt
Aller Mächtigen feig lästerndes Geschwätz
Und der Fronknechte dreist gehorsame Tat.

Ich suche
Starr und verscheut und zag
Der Seele uralten Flügelschlag –
Einst im Geheimnis so willig und so stark:

Und finde –
Den müden Seesack nur,

Den irgendein Landmatrose,
Schweifend und mager und schweigend,
Aus Mitleid mit seinem Rücken
Lasch abgetakelt und stumpf vergessen hat.

In manchen Stunden

Die Lippen der Wolken sind streng
geschlossen,
Der Himmel schwelt stumm.
An Kraft gleicht Hitze Frost;
Doch Angst nimmer ist Furcht,
Windstille stärker west den Wüstensturm –

Und dennoch spricht der Stein.

Sprung

In des Seins Fluten und Fließen
Kein Unterschied zwischen Tier und Glas,
Kein Unterschied zwischen Zeit und Zeit,
Zwischen versunkenem Gestern und wachem
Jetzt.

Heute zerbrach mein böhmisch Glas,
Das ich still ererbt von einem fernen
Ahn –
Und der bekam es,
Zusammen mit einem ernsten Taler aus Zinn
und drei heitren Blaumeisen,
Von Wallenstein, dem unruhig Geizigen,
Dem Meuchler und Gemeuchelten.

Starb nicht im gleichen Augenblick,
Da mir eben barst mein träumend Glas,
In des Finsteren milchigem Land
Ein verirrt Reh
Jäh durch Blitzesbiß

Im Hag
Am Gewittertag?

Drei spröde Klänge

DANACH

Ich sehe
die Schwalben:
im Gleitflug sie versuchen,
zu schrägen an der Mauer,
die geborsten durch Krieg –

sie retten dich nicht.

EICHMASS

Unvater Staat,
Hehler aus Schleim und Stein,
durch Gesetze umpanzert –
züchtig und fromm er schwängert Kriege.

Nie er fragt,
ob Lerchen, Halme, Welpen
ihn lieben.

VERWESTES KREUZ UND FRISCHES LICHT

Wurde nicht GOTT –
besamt mit Wüste, Abendland, Jesus –
in Braunem Feuerofen christlich verbrannt?

ER kommt nimmermehr.

Vielleicht erwachen
UNS zum Heile wieder
aus Korinth –
jung umsonnt von Hetärenglanz –

die heiteren Götter.

Gottes irdisch Rot

Nie vermessen,
Längst vergessen –
Denn Gott sein,
Chemisch rein,
Heißt stumpf sein
Wie Gefühle ungesotten
In frischalten Muttergrotten.

Keine Falter, keine Birken, keine Koggen,
Nichts flattert, nichts birkt, nichts segelt.
Nur Platons und Nietzsches tiefschnatternde Gilden
Verspeicheln so urmüden Speichel immer und immer wieder:
Und es glimmt durch der Atomstürme verebbende Nebel
Etwas zeraschte Weisheit
Mager, willig und arm.

FRAGMENT

Fragment

. . . Aus denen gebaut keine Immenstöcke,
keine Honigwaben,
Wohl aber der alten Götter Wohnungen
Und des einen Gottes drohend vertraute
Hirtenburg
Bald verschwommen, bald in Sicht, bald
verschwunden
Am Himmel,
Der launisch oft, doch fest und unzerstörbar
Irdisch ewigte
In Aug, Herzen und Hirn des Menschen:
Dann ein Mensch – noch Wesen der Flüche
und Blicknähe bloß –
Damals
Nimmer etwas ahnte
Von Unendlichkeit und Weltenraum.

Uns jedoch versank der Himmel,
Himmel der Götter, Himmel der Frommen,
Himmel der Kinder

Lichtlos, trauerlos ins kosmostiefe Nichts.
An jenem denkkühlen Tag zu luziferscher Stunde,
Als wir mit linkisch brennender Sucht entdeckten die Unendlichkeit
Und
Weltenraum, Lichtjahre, Weltenräume –
Des Weltalls Raum und Inhalt gar berechneten;
Gebilde aus Ziffernfleisch, Winkelnerven,
Kegelschnittblut und Nullgewebe,
So Dichtung bereits, aber anders als sonst gefiltert,
Extrakt aus neuen Vernünften, die heischen neue Form.
Des Daseins Skelettsud in ungewohntem
Gleichgewicht, löslich und erlösend –
Nimmer bildhaft gesehen, immer kernhaft gewußt
Und frisch geschichtet.
Ausschweifend im Zaubern und Verzaubern von Integral und Wurzel,
Oder dann, taugrün getestet, auf

Wahrscheinlichkeit und die Unbekannte,
Rausch der nüchternen Zahl, gebändigt das
Weltall

Und gepreßt in eine einzige Formel – kalt,
gestanzt, klar: 10^{84} cm^3 –
In ihr
Flammen und eisen, leben und kreisen
Myriaden von Sternen und Sonnen,
Die wir erstaunt, von Kleinscheu
durchdrungen, erschauernd schauen.
Oh unermeßlich
Weltenseites Segel 10^{84} cm^3: Lyrik als Siegel,
nie Lyrik als Wort,
Gewußt vom Sternjäger, dem stillen:
Dichtung, gekernt und getürmt
Gesprochen jedoch von diesem oder jenem:
dann Geräusch nur, werktäglich und öde.
„10^{84} cm^3": Das Weltall als
Zahlenkonserve –
Eingeschlossen darin Aldebaran etwa,
Plejaden, Saturn und auch
Das verwitternd Verwehbare aus unsrer

Planetenheimat irdischem Umlauf:
Steinzeitalter und Pyramiden; Hetären und
Düsenjäger; Plato und Glühlampen;
Einstein, Singdrossel und das hilfreiche
Aspirin;
Urhonig und Ursalz aller Dichtung: die Bibel;
Ulmen und staatlicher Schleim;
Atommeiler, Schulhefte und der junge
Gummiball;
Kungfutse und Tränenwein; U-Boot und
Viren; Nägel und Kant; Hormone und Särge;
Lokomotiven, Beethoven und der radarwellige
Zitteraal;
Krankes Gold und Hifthörner; Goya und
Röntgen; Autos und Gelächter; Öl und
Goethe;
Perlonstrumpf, Himbeeren und der ruhige
Mehlwurm;
Und noch anderes mehr, was die Erde raunte
und raunt,
Eingesotten alles, Welträume und Zeiten
und auch wir
In jene Zahlenkapsel –

So lyrisch nüchtern, so gedichtet straff und so
einzig unendlich: 10^{84} cm^3 –
Hirn der Gestirne und Gestirn der Hirne.
Wir, die wir in verwegenen Sternwarten von
Mount Wilson oder Palomar sitzen,
Hier mit drehbaren Riesenaugen – so
seltsam gefugt aus verwundbarem Schliff –
Das Sternenwild aufscheuchen, zwei
Milliarden Lichtjahre durchbohren,
Auf Milchstraßen empor und nieder fahren,
hin zu den dunstfernen
Sterninseln, Spiralnebeln und Sonnennestern
samt Planeteneiern.

Das Spiegelfernrohr – hat nicht das
Spiegelfernrohr,
Linsenprall, kaltbrennend und stets hungernd
nach Sternenspeise,
Zertrümmert den Spiegel unseres Glaubens,
zertrümmert den Spiegel unserer Seele?
Verloren unser Gleichgewicht, unsres Innern
Ruhe verloren,
Entherzet unser hausloses Herz

Furchtbares, nie vorher gewesen, durchtobt
uns,
Selbst für Belial viel zu schrecklich –
Dies Ungeheuerliche:
Erkenntnis der Unendlichkeit.
Neuland, Neumaß, Neuluft für des
Sterblichen Hirn:
Gedankenwende –
Untergang des Alten Wahren.
Des Lebens Sicherheit, ein Sinn
vorchristlicher Gemüter, schwand bang,
Und des Glaubens Sicherheit, Segen
christlichen Erdenrunds, versichert nun,
So daß wir frisch Unseligen, traumlos und
vergebens
Suchen nach neuen uns seligenden Zeichen.
Suchen, irren, suchen –
Wir Räuber, Richter und Henker unsrer alten
Himmel,
Die wir fanden nichts als unnütze Kalender,
verschimmelte Tierkreise,
Und ein nadelspitz entzaubertes Firmament,
feinmaschig zerdehnt,

Das zum Herren ward und auf uns
herniederbrach,
An uns, Köpfe und Sinne verstrickend,
hängen blieb,
Gleich dem ausgeleerten und tückischen Netz,
Das der Fischer, ermüdet vom Fang, übers
Holzgestell spannt
Zum Trocknen am Ufer, das in untergehende
Sonne schon verschwebt,
Indes schmelzende Abendröte bereit wird, mit
der Nacht sich zu gatten.
So suchen wir und irren und suchen,
Seitdem die Unendlichkeit Gestalten, Bilder,
Wünsche, heilig und nie sagbar,
Jählings stieß in entheiligte Abgründe.
Der errechneten und müdlos rechnenden
Kunde von Gestirn, Weltenraum
Und einem fernenwo gekrümmten Unendlich.

So
Wurden wir der Unendlichkeit bewußt:
Darin zerging der Himmel, einst vertraut und
furchtsam ersehnt –

Die alten Götter ertranken im Meer der
Lichtjahre;
Und unser Gott, der Einsame, der Einzige,
der Ewige,
Ward himmelbrüchig,
Wie ein Seefahrer schiffbrüchig wird
Und dann, da er nur Mensch, doch noch
irgendwo kann stranden.
Der Himmelbrüchige aber vermag nicht
Zu stranden –
Und kann von uns weder errettet noch
geborgen werden.
So lange nicht,
Bis wir, wir haltlos Entwunderten, am
Jüngsten Tag einmal wissen
Das Letzte Geheimnis im Gewölbe des Worts,
Beginnend mit dreifaltigem Daß:
Daß
Die Seele nimmer im Leib,
Weil unser Leib wohnet in der Seele;
Daß
Die Unendlichkeit in Gott stürzte
Und daß

Gott die Unendlichkeit ist,
Daher auch im Endlichen west
Also euch in uns
Blüht, wogt, lindet.

NACHWORT

Melchior Vischers Seil zur Luftwurzel

Als der Zweite Weltkrieg zu Ende war, fragte ihn der in München geborene Peter de Mendelssohn, dem Zugriff der Nazis 1933 über Paris nach England entkommen, ob er bereit sei, das Feuilleton der von der britischen Besatzungsmacht gegründeten Zeitung "Die Welt" aufzubauen. Als Presseoffizier der amerikanischen Informationskontroll-Abteilung Berlin hatte Mendelssohn, inzwischen britischer Staatsbürger, gleich zu Melchior Vischer Kontakt gesucht. Doch Melchior Vischer, der den Krieg in Berlin überlebt hatte, sagte Nein. Er glaubte, als leitender Redakteur nicht mehr ausreichend zu seiner Arbeit als Schriftsteller zu kommen.

Dabei gingen die Literatur-Insider längst davon aus, daß sich Vischer bereits Ende der zwanziger Jahre von der Dichtung verabschiedet hatte, um sich mit Unterhaltungsromanen auf leichtere Art als bis dahin sein Geld zu verdienen. Zum Teil in Zusammenarbeit mit seiner Frau Eva waren Bücher mit Titeln wie "Kind einer Kameradschaftsehe", "Elisabeth geht zum Tonfilm", "Liebeswunder", "Eine Stadt sucht ein Kind" erschienen. Auch zwei Kinderbücher mit Indianer-Thematik hatte er 1940 veröffentlicht. Unter seinem bürgerlichen Namen Emil Fischer, geboren am 7. Januar 1895 im böhmischen Teplitz-Schönau.

Nur wenige wußten und wissen es bis heute, mit welch nie nachlassender Leidenschaft Melchior Vischer seit seinen schriftstellerischen Anfängen dem Schicksal des 1415 auf dem Konzil von Konstanz als Ketzer verbrannten tschechischen Reformators Jan Hus nachging. Jan Hus, der sterben mußte, weil er sein Gewissen über jegliche andere menschliche Autorität stellte, blieb für Melchior Vischer ein Leben lang zentrale Figur seines Denkens, auch ein Spiegel für seinen Katholizismus der Kindheit in Böhmen. Ebenso wenige wußten und wissen es bis heute, daß Vischer mit dem Geld aus den Honoraren für seine Unterhaltungsromane jene langwierigen und kostenaufwendigen Recherchen finanzierte, die ihn an seine Hus-Darstellung heranbringen sollten.

Als schließlich 1940 die 814 Seiten umfassende Hus-Vita als zweibändige Ausgabe im Frankfurter Societäts-Verlag erschien, war mitten im "Dritten Reich" die historische Wahrheit Mitteleuropas wiederhergestellt. Im Urteil der Nazipresse hieß das, Melchior Vischer habe nach der "selbstverständlichen Zertrümmerung" des tschechischen Staates den "verirrten tschechischen Geschichtsmythos" gerechtfertigt: "Der Laienleser im Führerstaat hat es mit dem klassischen Fall jener Objektivität zu tun, deren Eltern der Liberalismus und der Intellektualismus sind." Die Hus-Ausgabe, die ein Register von 231 Seiten mit Recherchenbelegen und Anmerkungen enthielt, wurde verboten und aus dem Verkehr gezogen.

Damit war die Situation für den Schriftsteller, der seit

1931 die deutsche Staatsangehörigkeit besaß, existenzbedrohend geworden. Melchior Vischer gehörte zu dem kleinen Kreis von Berlinern, der Juden half, sich zu verstecken, um sie vor der Deportation in den Tod zu bewahren. Er selbst war seit Ende des Ersten Weltkrieges mit einer tschechischen Jüdin verheiratet. Gegen alle Pressionen der Nazis, die auf Scheidung drängten, verweigerte er sich jener Forderung. Nach dem Novemberpogrom 1938 stufte ihn die NS-Presse als "Literatur-Juden" ein. Seine Frau Eva starb ein Jahr vor Kriegsende im Alter von 48 Jahren an Krebs.

Als der Presseoffizier Peter de Mendelssohn dem Schriftsteller 1945 sein Angebot machte, war Melchior Vischer 50 Jahre alt und hatte eine politische Gratwanderung hinter sich. Was ihn beherrschte, war der Gedanke an eine Wiederveröffentlichung seiner Hus-Biographie, deren tschechische Quellen seine Frau Eva bereits übersetzt hatte. Durch ihre ganze Ehe war die Arbeit an dieser Biographie gegangen, dieses Hus-Wort: "Suche die Wahrheit, höre die Wahrheit, lerne die Wahrheit, sage die Wahrheit, halte die Wahrheit, verteidige die Wahrheit bis zum Tode!"

In Melchior Vischer lebte die emotionale Kultur seines Geburtslandes. Er kam aus einer Kultur der Verlierer, auch wenn die Deutschen in Böhmen bis 1945 nie alles verloren hatten wie so häufig die Tschechen. Die Tötung von Jan Hus – so erschien es dem Schriftsteller – hat als Unheil fortgewirkt in unsere Tage hinein. Der Durchbruch des Ich-Bewußtseins, des modernen Denkens, erfolgte, was die religiöse Seite betraf, in Prag. Daß das Gutgemeinte der Infiltration des Bösen radikaleren Vorschub leistet als jene andere Haltung, zeigt die grausame böhmische Geschichte.

Von Hus führte der Weg zu den Hussitenheeren, die, von Kaiser und Papst angegriffen, an jener Gewalt Gefallen fanden, die ihnen zur Verteidigung aufgezwungen war. Auf dem religiösen Weg zum Absoluten siegten immer diejenigen, die totalitär dachten und handelten. Die tschechische Kultur versank nach der Schlacht am Weißen Berg 1620 im Dorf, von wo aus sie ihr Land erst im 19. Jahrhundert wieder eroberte, um im 20. Jahrhundert wieder im "Dritten Reich" unterzugehen.

Böhmen als religiöse Kampfstätte: Das Barockreich, das Österreich nach dem Dreißigjährigen Krieg im rekatholisierten Böhmen aufrichtete, wurde die authentische Kultur der Tschechen. Die Kultur der Sieger wurde zur eigenen Kultur. Aus diesem Widerspruch, aus dieser Dialektik, lebte Böhmen. Fremd im Heimischen, heimisch im Fremden. Fremdheit im eigenen Land ist ein wesentlicher Ausdruck tschechischer und deutscher Literatur in Böhmen. In dieser Fremdheit lebte auch Melchior Vischer. Aus dieser Fremdheit hatte er seine Literatur, seine geistige Konzeption entwickelt.

Alles, was den Dichter Melchior Vischer in den zwanziger Jahren berühmt gemacht hatte, war in Prag entstanden. Vischer, Sohn eines Apothekers, kämpfte während des Ersten Weltkrieges in der k.u.k. Armee, war Leutnant, wurde nach einem Halsdurchschuß für kriegsuntauglich erklärt und nahm daraufhin sein Studium an der Karls-Universität in Prag auf. Er studierte Philosophie, Germanistik und Mathematik. Die Mathematik nannte er später ihrer objektiven Klarheit wegen die "letzte Lyrik" und fügte hinzu, die Mathematik habe ihm das Eindringen in die Kunst erleichtert.

An der 1921 gegründeten, mit Regierungsmitteln unterstützten "Prager Presse" wurde Melchior Vischer Redakteur, schrieb vorwiegend Film-, aber auch Theaterkritiken. In einem "Bekenntnis zum Journalismus" erklärte Vischer den Journalisten zum "Schriftsteller der Zukunft". 1923 ging er zusammen mit seiner Frau, die als Schauspielerin unter dem Namen Eva German auftrat, als Dramaturg und Regisseur nach Würzburg, dann nach Bamberg und Baden-Baden, um sich schließlich Ende der zwanziger Jahre in Berlin niederzulassen.

Als Melchior Vischer Prag hinter sich ließ, waren von ihm folgende Werke erschienen: das dem Dadaismus zugerechnete, mit Schwitters-Umschlag versehene Buch "Sekunde durch Hirn. Ein unheimlich schnell rotierender Roman" (1920), "Der Teemeister. Dramatische Dichtung" (1920), "Strolch und Kaiserin. Eine Schelmengeschichte" (1921), der "Teemeister" als erzählerische Prosa (1922), die Erzählungen "Der Hase" (1922) und "Simon von Kyrene" (1922) sowie das Theaterstück "Die Börse" (1923). Noch nicht erschienen, aber bereits 1921 geschrieben war das Theaterstück "Debureau", das 1924 bei Kiepenheuer herauskam.

Das 49-Seiten-Buch "Sekunde durch Hirn" hat den Absturz des Stukkateurs Jörg Schuh vom Baugerüst zum Inhalt. Erzählt wird, wie in der Sekunde des Absturzes ein ganzes Leben aufflammt und wie sich dieses Leben zugleich spiegelt im Absturz Europas – besiegelt durch den Ersten Weltkrieg. Alles erhält in diesem Mini-Roman die gleiche Gegenwart. Die Zeitgleichheit von Nähe und Ferne bringt die Zuspitzung der Erfahrung von Welt. Und die Sprache will mehr als "nur" die Sache benennen, von der sie handelt, sie will sein, was sie schildert: Absturz.

Der in Brünn geborene Romancier Ernst Weiß, der "Sekunde durch Hirn" ein "müheloses Gnadengeschenk" nannte, sah als einziger im spektakulären Meinungsstreit von damals, daß diese "außerordentliche Arbeit" weit über den Dadaismus hinausging.

In "Sekunde durch Hirn" vernimmt der Stukkateur, daß er das Kind eines Schwarzen und einer Weißen ist:

"Darum ist auch Dein anderes Ohr schwarz. Das weiße hingegen hört alles: Vergangenes und Zukünftiges, bis sich der Kreis schließt. Es hört so genau, daß es weiß. Und vernimm: Es gibt keine Grade, was grad deucht, ist Stück vom Kreis..."

Die Kommunion von linearem Denken und Kreisdenken, auch in anderen seiner Werke sichtbar, wird zum poetologischen Konzept, so wie sie Nikolaus von Kues (1401 – 1464) in "gotischer Zeit" gedacht hat, als er die "Sprengmetapher des Kreises" ersann, dessen Radius unendlich wird, wobei die Peripherie eine unendlich kleine Krümmung enthält, so daß Bogenlinie und Gerade zusammenfallen.

Außerhalb Böhmens schrieb Melchior Vischer die Theaterstücke "Fußballspieler und Indianer" und "Chaplin", die 1924 bei Kiepenheuer erschienen. In beiden Stücken wird gezeigt, wie Natürlichkeit dem Flitter des technischen Fortschritts gewichen ist und der Traum von der Rückkehr in die Natürlichkeit beginnt.

Mit jenen zwei Theaterstücken endete die literarische Diskussion über Melchior Vischer, der sich historischen Themen zuwandte und schließlich Unterhaltungsromane schrieb. Niemand ahnte, daß dieser Vischer Ende der zwanziger Jahre von der Dramatik zur Lyrik überging. "Lyrik als Signal, nie Lyrik als Wort", schreibt er, schreibt er sich vor, als ginge ihm jener an ihn gerichtete

Brief Franz Kafkas durch den Kopf, in dem es heißt: "Expressionismus ist für mich eine Sehnsucht, deren Erfüllung ich nicht ertragen könnte." Mit den gleichen Zweifeln, die Kafka dazu brachten, die Vernichtung seines unveröffentlichten Werkes zu verfügen (woran sich sein Freund und Testamentvollstrecker Max Brod nicht hielt), näherte er sich in dem bisher unveröffentlichten Brief der "Teemeister"-Prosa Melchior Vischers. Das Expressionistische, was Kafka im "Teemeister" suchte, aber nicht fand, faßt er in die Worte "Welt-auflösend, den Kunst-Tod bringend".

Zwei Themenkreise werden von Melchior Vischer nebeneinander gestellt und zum Teil ineinander verflochten: die Folgen für den westlichen Menschen, eine Welt ohne Gott zu denken, und die Sinnstiftung, die in der vermeintlichen Schwäche ostasiatischen Denkens liegt. Wer die Gedichte in diesem Band gelesen hat, sieht, daß es Ende der zwanziger Jahre keinen Bruch in der literarischen Entwicklung Vischers gegeben hat. Vischer bleibt in der Kontinuität eines Denkens, das bereits in den literarischen Anfängen sichtbar ist. In meinem Buch "Böhmische Dörfer. Wanderungen durch eine verlassene literarische Landschaft" (Paul Zsolnay-Verlag, 1987), dem Einführungsband für diese Reihe, bin ich in einem Vischer-Porträt ausführlich auf diese Zusammenhänge eingegangen.

Als ein Beispiel unter zahlreichen für die Kontinuität des Denkens sei eine Passage aus dem Frühwerk "Der Teemeister" zitiert: "Liebe Freunde, hinter jeder Handlung, hinter jeder Erscheinung verbirgt sich der Vorgang des Vorgangs, Erscheinung der Erscheinung. Ein Augenaufschlag von Blick zu Blick schöpft mehr Geschehen als tobend schreiende Schlacht von sechzig Tagen. Laßt eure Blicke kreisen: Tod ist nicht Tod, irgendwo ward er schon vorher getötet, Leben ist nicht Leben, irgendwo ward es schon vorher gelebet, vorherbestimmend unter der Fläche. Es gibt keinen Zufall, ein Gesetz aber ist. Ihr seht nur die Wirkung, ich aber schaue im ewigen Wechsel des unsterblichen Tao den Grund..."

Gesetz, das kein Joch sehen will, sondern Bindung, Offenbarung, Liebe. Ein Gesetz, das transzendentalen Ursprungs ist, jeder Gemeinschaft unmittelbar und jedesmal wieder neu gegeben. Melchior Vischer arbeitet im "Teemeister" mit einem japanischen Sujet. Doch in dem ostasiatischen Motiv ist auch Vorderasien inbegriffen, die jüdische Thora. Zugleich wird der "Teemeister" von zwei Schnittlinien durchzogen: dem Protestantismus der Hussiten und dem Katholizismus barocker Provenienz, der jene Grausamkeit verdeckt, mit der die Böhmen zum alten Glauben zurückgeholt wurden. Und doch ging in Böhmen die hussitische Grundeinstellung, ohne Vermittlung direkt mit Gott zu sprechen, nicht verloren.

In der frühen Erzählung "Simon von Kyrene" knüpft Melchior Vischer den Faden zu jenem Juden, der auf dem Passionsweg Jesu gezwungen wird, dessen Kreuz nach Golgatha zu tragen. Simon von Kyrene, der als Mensch unserer Tage dargestellt wird, klagt sich an, einst als Pförtner der Prager Theinkirche mit der Befreiung der Glocken im Turm den Turm selbst zum Einsturz gebracht zu haben. Das gotische Bauwerk in Prag war die Hauptkirche der Hussiten, jener Bewegung also, die das Scheitern der mittelalterlichen Theodizee signalisiert, die den Bruch vollzieht zwischen der *lex divine* und der *lex naturalis,* die die Befreiung des Einzelwesens einleitet. Die Theinkirche wird in der Erzählung Vischers Symbol für die Geburtsstunde des Individualismus.

Simon von Kyrene trägt bei Melchior Vischer die Geschichte der Befreiung wie ein Kreuz. Denn die Geschichte der Befreiung ist auch die Geschichte des Verrats: Der Gott, der noch immer außer Frage steht, wird in Frage gestellt, ehe sich der Mensch aus allen metaphysischen Zusammenhängen entläßt. Der souveräne Mensch wird Mensch-Gott, der Antichrist, und keine rationale Ethik wird ihn aufhalten, andere und sich selbst zu vernichten.

Aus der in die gotische Zeit eingebetteten Menschenliebe wird die Menschenverachtung aus Wissensbegierde. Simon von Kyrene ist das Ergebnis einer abendländischen Entwicklung. Vergebens bäumt sich Melchior Vischers Gestalt "gotisch steil" auf, er kann das Feuer nicht verhindern, in dem sich die Welt auslöscht. Mit der gotischen Zeit verschwindet für den böhmischen Dichter "gleichsam das letzte 'Asiatische', das sich auch im westlichen Christentum von seinen Uranfängen her noch erhalten hatte, eben dieses Aufgehen des Einzelnen in der Gesamtheit".

Die Figuren, die den Handlungsfäden Melchior Vischers folgen, haben alle eines gemeinsam: Sie betonen den transitorischen Charakter allen Lebens, ohne dabei in eine Daseinsentwertung oder in eine Weltverneinung zu fallen. Es sind Menschen, die sich losgerissen haben, die sich aufmachen, die sich in Bewegung halten, die unterwegs sind, die vom Haus in die Hauslosigkeit gehen, wie es bei Buddha heißt. Melchior Vischer erweist sich als der grenzenlos aufmerksame Beobachter der Schöpfung, sucht die bergenden Zusammenhänge und findet sie in der Figur des Pilgers, des Wanderers, des Vagabunden, des Landstreichers. Und diese Figur strebt der universellen Versöhnung zu.

Mit der Lyrik, die Vischer seit 1930 schreibt, weist er sich selbst diesen Weg zu, der eine Blickrichtung bleibt. Verharrend in der Anschauung, wandern die Augen. Verharrend in der reinen Anschauung, als könne sich das unbeständige Empfinden durch zupackendes Erleben nur um so schneller verflüchtigen. Bewegung im Stillstand und Stillstand in der Bewegung – aus dieser Diskrepanz, aus dieser Spannung lebt die Lyrik Vischers. Er folgt nicht der Illusion des Fest-Gestellten, sucht Bilder, die sich dem Be-Greifen entziehen. Der Geborgenheit der Entrückung zustrebend, läßt diesen Melchior Vischer die Zeit doch nicht los. Er trägt die Züge des Vergessenen zusammen, um das eine Gesicht in die Unvergänglichkeit zu überführen. Im "Dysangelium", der schlechten Botschaft, bleibt das Evangelium, die gute Botschaft, virulent: "Die Taube,/ Jäh gefallen aus der Dreifaltigkeit –/ An die glauben das Kind und die Mutter..." In dem Gedicht "Wider Luzifer" heißt es: "Gib mir die Gnade und Kerze und Kraft/ Zum Gebet,/ Wie ich als Kind es einst so innig getan". Das Prag-Gedicht "Der späte Gast anno 1913" endet: "Nun Glockenstille./ Ein wenig Wind, dann schüchterner Regen:/ Ich höre,/ Wie Gott zu mir flüstert."

Der erste Gedichtzyklus von Melchior Vischer, der den Titel "Licht im gotischen Schatten" trägt, nimmt dessen Prinzip der Bewegung wieder auf, das den Raum der gotischen Kathedrale beherrscht. Der gotische Raum, der in einem ständigen Werden und Verändern erscheint, war dematerialisiert und spiritualisiert. Endlos, war er doch gleichzeitig organisiert und rhythmisch gegliedert. In jener zyklischen Zeit, in einer Zeit, die in sich selbst zurückführt, entstand das Bild vom Rad des Schicksals, das Melchior Vischer in seinem Gedicht "Entträumte Sackgasse" anspricht: "Schicksal – / Als Sinn von keinem erkannt, von keinem empfunden,/ Verleugnet von Leugnenden und vergessen von Geleugneten."

Die Erinnerungen an den Katholizismus der Kindheit gleichen Inseln in den Gedichten des ersten Zyklus. Sie weichen dann einer Prähistorie der Wirklichkeit, die nur immer stärker in den Gedichten Platz findet. Das Ich in der Verbindung mit dem Archaischen schafft sich eine neue Ritualität. Doch bereits der Zyklus "Das Stirnauge" verbindet das "Seil zur Luftwurzel" wieder mit der abendländischen Welt. Zwar weist das Stirnauge, das dritte Auge also, in die Vorgeschichte, doch es taucht dann als Symbol für geistiges Sehen in den frühen Kulturen der Hethiter, der Ägypter, der Inder auf, auch bei den Griechen und bei Ezechiel im Alten Testament.

Mit dem Zyklus "Das Stirnauge" – die einzige Sammlung, in der alle Gedichte vorhanden sind, die auch in der Titelauflistung von Melchior Vischer genannt werden – eröffnet der Dichter ein Zusammenspiel der Entsprechungen, entwickelt er ein Lebensverständnis, in dem die kulturellen Grenzen aufgehoben sind. Seine Anschauung, die dem Leser ein anderes Sehen abverlangt, hat Melchior Vischer in dem Vorwort

"Krückstock und Lesebrille zuvor" dargelegt.

In einem Brief vom 7. Dezember 1954 an Anton Schnack befand Vischer, daß die ersten beiden Zyklen "noch nicht ganz mit der Tradition brechen", daß aber der dritte Zyklus, "Das Stirnauge", "ganz die üblichen geistigen Grenzen zerstößt". Aus einem Brief an Max Brod vom 11. Oktober 1954 geht hervor, daß er damals einen Verleger suchte. In dem dann folgenden Zyklus, mit dem Vischer sein lyrisches Werk abschloß, kehrte er zu den Fragestellungen ("Irgendwo ein biblischer Stern fern?") des ersten Zyklus zurück. In jenen Zeitraum gehört aller Wahrscheinlichkeit nach auch das als Fragment abgedruckte Gedicht, von dem die erste Manuskriptseite nicht mehr auffindbar ist: "Lyrik als Siegel, nie Lyrik als Wort."

Im Nachlaß Melchior Vischers befindet sich ein Prager Zeitungsausschnitt mit einem kleinen Gedicht aus dem Jahre 1920, "Das Erlebnis": "Ich trat aus Dunkel heraus/ in den Park./ Licht./ Ein Stein./ Sein." In der "nackten Lyrik", die ursprünglich den Titel "Flöte aus Stein und Fleisch" trug, endet das Gedicht "Vor dem Haus der tausend Bücher" ein wenig verändert – mit den Zeilen aus dem Jahre 1920.

Der österreichische Literaturwissenschaftler Raoul Schrott fand in der Bibliothèque Littéraire Jacques Doucet in Paris vier von Vischer signierte und zwei unsignierte Texte aus dessen Prager Zeit. In diesem Archiv werden auch sechs Briefe an Tristan Tzara und Francis Picabia aufbewahrt.

Alle diese Texte wurden auf 37 Seiten 1988 in der von Franz-Josef Weber und Karl Riha herausgegebenen Reihe "Vergessene Autoren der Moderne" der Universität-Gesamthochschule Siegen mit einem Vor- und Nachwort von Raoul Schrott herausgegeben. Die dadaistischen Gedichte waren zur Veröffentlichung für die Anthologie "Dadaglobe" vorgesehen, die über das Stadium der Planung nicht hinauskam. In "Marmeladen-Sure an Allah" auch hier der Hinweis an Prag:

Hurrah! es brennen Wüstenpferde,
der violette Mohn hat das Kolibrie geschwängert,
o wie seufzen aus meiner Leber
koschere Tempel, hussitische Kirchen und
Lavendelaltäre,
in der Milchstraße fließt Bier, Schokoladentrunk und
Kaviarwein,
weiße Flöhe, deutsche Unken und tschechische
Generäle
pissen auf den Friedensvertrag,
der den Völkern H_2SO_4-Scharmützel schenkt,
gängeru hu mu schu lu lu lu,
reißt die Telefone aus den Ohrmuscheln der Welt,

Gruß an Serner, Tzara, Picabia, Arp und den Papst
von Pragg Konfitüren und Hühnersuppen lachen aus
allen Klosetts, Lyriker und Unterhosen fliegen durch
die Luft,
auf der Schildkröteninsel hab ich eine Korsettfabrik,
die Damen bekannter Pariser Politiker loben meinen
Bauch,
auf dem Ozean stehe ich und trinke ihn aus,
bis das Wasser unter meinen Füßen Sand wird,
hin falle ich, brülle und weine zugleich:
Ich bin Trillionär, mir gehört der Grund des Meeres!
Republikanische Minister stehen an kontinentalen
Ufern
in weißen Nachthemden und grüßen mich,
mich den Scheik des Meers,
o wie sie singen die Quallen, Mollusken und
Rettiche, Allah ill'allah!
groß bist du Dadallahdada!
Rote Kühe und gelbe Bären
grüßen den komfortablen Aschermittwoch:
Dallahda!

Die Briefe Vischers an Tzara und Picabia zeigen, wie der 25jährige Autor in Prag begierig Anschluß an eine Gruppierung der Moderne suchte. Eine Suche, die er schnell aufgab, weil die dadaistische Komponente einer ganz eigen-sinnigen Dichtung wich. In seiner Erzählung "Der Hase", eine Geschichte des Verfolgens und des

Verfolgt-Seins, verwendet Vischer eine ganz einfache Sprache.

Der Melchior Vischer der zwanziger Jahre war vergessen, als der Zweite Weltkrieg beendet war. Vischer heiratete ein zweites Mal, wurde Vater eines Mädchens. Er schrieb Rezensionen für die Berliner Zeitungen "Telegraf" und "Tagesspiegel", auch für die "Welt". Mitten im "Kalten Krieg" ging er von Westberlin nach Ostberlin. Kulturminister Johannes R. Becher hatte ihn mit dem Versprechen gelockt, in der DDR würde sein Hus-Buch gedruckt werden. Erbittert mußte er feststellen, daß auch die DDR seinen Hus in der von den Nazis einst verbotenen Fassung nicht für akzeptabel hielt und Änderungen verlangte. Melchior Vischer kehrte nach Westberlin zurück.

Seine Situation war katastrophal. Er hatte den Spott zweier Seiten zu ertragen. Die sechsköpfige Familie – Vischers zweite Frau hatte drei Kinder aus erster Ehe – mußte von der Arbeitslosenunterstützung leben. Die Ehe wurde geschieden. Die Tochter Jana blieb beim Vater, der sich in seiner Wohnung Lindauer Straße immer stärker zurückzog. Von New York aus schickte Johannes Urzidil, der Prager im Exil, mit dem Vischer korrespondierte, Geld. 1955 veröffentlichte der Frankfurter Societäts-Verlag ein zweites Mal Vischers "Hus" in einer um die Hälfte gekürzten Fassung. Der einschneidende Kompromiß brachte etwas Honorar, aber keine öffentliche Aufmerksamkeit für sein Thema. Melchior Vischer begann ein neues Werk: "Hus und die Unzucht seiner Zeit", das er nicht mehr abgeschlossen hat.

Die Wiederentdeckung des Dichters ließ auf sich warten, fast zwei Jahrzehnte lang. Und als der winzige Verlag petersen press berlin 1964 "Sekunde durch Hirn" als Faksimiledruck herausbrachte, wurde diese Tat kaum bemerkt. Auch als das Goethe-Institut 1966 hektographierte Auszüge aus dem "Hasen" zur Pflichtlektüre für Studenten machte, hatte dies wenig Auswirkungen. Peter-Paul Zahl brachte im selben Jahr in einem verkleinerten Format noch einmal einen Faksimiledruck von "Sekunde durch Hirn" in Berlin heraus. Als dann doch die ersten Studenten bei Melchior Vischer in der Lindauer Straße an der Wohnungstür klingelten, wies er sie ab. Er hatte mit seiner Literatur-Vergangenheit abgeschlossen.

Das hieß nicht, daß er an eine Zukunft seiner Dichtung nicht mehr glaubte. Seine Dichtung konnte warten über seinen Tod hinaus. Auf dieses Warten verpflichtete er auch seine Tochter Jana, Wegbegleiterin des Einsamen, der wie Wittgenstein um die "Kälte der Weisheit" wußte, auch wenn er die eisige Region von Wahrheit und Weisheit immer mit Feuer in Verbindung gebracht hat. Stirnauge: im flammenden Durchbruch der Erkenntnis allein.

Ein paar Jahre früher, da wäre dieser Melchior Vischer noch zugänglich gewesen. Zwischen 1958 und 1960 hatte er eine Stelle als Bibliothekar in der Städtischen Bibliothek in der Dudenstraße. "Er archivierte, er beriet Leser", erinnert sich Tochter Jana. "Es waren wohl die in gewisser Weise glücklichsten Jahre meines Vaters nach 1945." Doch mit Erreichen des 65. Lebensjahres mußte Vischer aufhören. Wieder mußte er von der Sozialhilfe leben. Damit man ihm die neue Schreibmaschine, die er 1963 für einen Sonderpreis von 210 Mark erwarb, nicht wegnehmen konnte, überschrieb er sie seiner Tochter. Noch einmal tippte er nun alle seine Gedichte ab.

Den ersten ernsthaften Ansatz zur Wiederentdeckung erlebte er nicht mehr mit. Melchior Vischer starb am 21. April 1975 im Alter von 80 Jahren in Berlin. Ein Jahr später brachte Hartmut Geerken, Mitherausgeber der Reihe "Frühe Texte der Moderne" in der edition text + kritik die Prosa Vischers heraus. Im Jahre 1984 kam in derselben Reihe der Band "Fußballspieler und Indianer. Chaplin. Zwei Schauspiele", herausgegeben von Sigrid Hauff, heraus. 1988 reihte die "Bibliothek Suhrkamp" mit "Sekunde durch Hirn/Der Hase" Melchior Vischer in einer von Peter Engel editierten Ausgabe als modernen Klassiker ein.

Mit den bisher unveröffentlichten Gedichten unter

dem Titel "Muß wieder ein Morgen sein" soll nun mit jenem Vorurteil Schluß gemacht werden, dem der bei seinen Recherchen sonst so akribisch genaue Harmut Geerken 1976 aufgesessen ist, als er schrieb: "Der Beginn des Tausendjährigen Reiches und das Versiegen von Vischers kreativem Schaffen scheinen zeitlich zusammenzufallen."

Als Melchior Vischer seine Wohnung in der Lindauer Straße aufgab und in die Pflegestation eines Altersheims kam, nahm er drei Dinge mit: den Zinnteller seines Vaters, von dem bereits sein Großvater, ein Wanderlehrer und Orgelspieler, gegessen hatte, die Gedichte und das nicht vollendete Hus-Manuskript.

Jürgen Serke

Register